背徳を抱く双《ふた》つの手

花丸文庫BLACK

藍生 有

背徳を抱く双つの手　もくじ

イラスト／鵺《ぬえ》

禁忌を誘う双つの手

「「兄ちゃん、行こう」」

戸川多希《とがわたき》は、双子の義弟、理《おさむ》と覚《さとる》の揃《そろ》った声に慌てて玄関へと向かった。

高校の制服を着た二人が、ドアの前に立って多希を待っている。急いで靴を履《は》き、鞄《かばん》を手にした。

「待たせてごめん。じゃあ行こう」

平日はほぼ毎日、同じ時間に三人で家を出る。玄関の鍵《かぎ》を閉めるのは、覚の仕事だ。彼は三人の中で帰ってくる時間が比較的早くて、鍵を忘れると家に入れなくなってしまう。そうならないためにも、朝の施錠は彼が行うと自然に決まった。

三人の生活に慣れ、いつしか暗黙のルールができつつあった。朝食の準備は双子がして、後片付けは多希がする。駅までの道を三人で歩く時も、右に理、左に覚で、その後ろに多希という位置が決まり、そうじゃないとしっくりこなくなっていた。

最寄り駅まで三人揃って向かう。色違いの鞄を反対の肩にかけて歩く双子の姿は、見事なほどシンメトリーで人目を引いた。

「あれ」

コンビニの前を通り過ぎる時、覚が声を上げた。

「今日じゃない。明日だよ」

理に言われて、覚はそっか、と頷《うなず》いた。

主語のない会話。二人にはよくあることだ。彼らは言葉にしなくても、眼差《まなざ》しだけで心を通わせることができる。

駅が近づくにつれ、人が多くなる。改札を抜けると、ホームには溢《あふ》れんばかりの人がいた。はぐれないようにと、多希は右前にいた理の腕を軽く掴《つか》んだ。

数分後、ホームに電車がやってくる。車内は既《すで》に混んでいた。ドアが開いても、降りたのはほんの数人だ。

無秩序なようでも規律はあり、順番に車内へと押し込まれる。わずかな隙間をくぐり、車両の連結部近くまで辿《たど》りついた時、発車のベルが聞こえてきた。

電車が重たく動き出した途端、後ろから押されて足がふらついた。バランスを崩した体を、理が支えてくれる。

「俺に掴まって」

「うん。……ありがとう」

隣の車両を向く形で陣取る。車内の死角となるこの位置は、二人のお気に入りだった。

自分より背の高い双子に囲まれると、それだけで空気が変わる。意識しないようにと思っても、彼らの視線だけで多希は落ち着きをなくした。

気を逸《そ》らそうと、窓の外を眺《なが》めた。建築中のマンションのシートが風に揺れている。

「今日も混んでるね」

げんなりした口調で覚が言った。ここ数日で一気に湿度が増して、車内の不快指数も高い。

黙って立っているだけで、こめかみに汗が滲《にじ》む。それを拭《ぬぐ》おうとした時、理の指が胸元に忍び込んできた。

彼の指は慣れた手つきで乳首を探り当てる。シャツ越しにくすぐられると、そこは一気に硬くなった。思わず理の顔を見上げる。彼は口元に酷薄《こくはく》な笑みを浮かべ、静かに、と小さな声で言った。

理の行動に気づいた覚が、手を伸ばしてきた。スーツのボタンを外され、前をはだけた状態にされる。

「駄目《だめ》だよ……」

弱々しく抵抗しても、二人の手は止まらない。理と同じように、覚も多希の胸元に指を這《は》わせる。左の乳首周辺を撫《な》でられ、硬くしこると強く摘《つ》まれた。

「っ……」

声を殺すべく、唇を噛《か》む、二人の手の動きを隠すように、鞄を胸元で抱えた。それを了承の合図ととったのか、双子の指はさらに多希を追いつめるような動きをする。

これまで特に意識もしてこなかった小さな突起は、二人によってすっかり開発されてしまった。今も二人の指を歓迎するように尖《とが》って、シャツを押し上げて存在を主張している。

次の駅が近くなり、急に電車のスピードが落ちた。減速のショックでふらついた体を、覚が抱きとめてくれる。

「おっと。大丈夫？」

駅のホームに電車が滑り込み、遠くから小さな悲鳴が聞こえた。ドアが開き、湿った空気を混ぜるように風が吹く。

また人が乗ってきて、後ろから押された。鞄を抱えた体がねじれる。二人の手を借り、なんとか隣の車両に面したドアに片手をついた。

電車がいっそう重たげに動き出した。がくがくといつもより揺れる。

「今日の運転、乱暴だね」

「うん、酷《ひど》い」

二人の会話は、右から左へと通り抜けていく。

彼らは学校のことを話しながら、多希の乳首を嬲《なぶ》った。指で転がし、爪でひっかく。執拗《しつよう》に弄《いじ》られて、体の奥が疼《うず》き出し、下肢が形を変え始めた。

こんな場所で感じたくない。だが多希の意志に反して、そこは熱を孕《はら》んで脈打つ。

俯《うつむ》いて鞄に唇を押し当てた。目を閉じて、電車の揺れに身を任せる。軽く目を閉じた時、覚の右手が背中を軽く撫でた。同時に、理が二本の指で乳首を挟《はさ》み、軽く引っ張る。

駄目だ。そんなに強くされたら、――。

「……あっ」

我慢できずに声が零《こぼ》れた。周囲の視線を背中に感じ、慌てて体を丸めた。あやうく射精しそうだった。まだ膝《ひざ》はがくがくと震えている。

「ごめん、足踏んじゃった」

覚が周囲に知らせるように、大きな声を出した。

「兄ちゃん、大丈夫？」

二人は指を胸元から離し、顔をのぞき込んできた。口元は笑っているけれど、眼差しは声を我慢できなかった自分を咎《とが》めている。

「……大丈夫」

周りに不審に思われないよう、心持ち大きめの声で返した。

二人の手が離れた隙に、詰めていた息を吐く。車内で達してしまうのは、さすがにばれそうで恐ろしい。

周りに気づかれても、ただの痴漢ならば、同性なのに被害にあった恥ずかしさを我慢すれば済む。けれどももし、痴漢を模した行為だとばれてしまったら、どうなるのか。

双子の義弟に、車内で嬲られる義兄。自分がそんなふしだらな生き物だと知られたら、すべてが終わってしまう。——それだけは、絶対に駄目だ。

二人の指が、再び左右から入ってきた。

「っ……」

声を我慢しなければと思うほど、快感が募ってしまう。喉《のど》がからからに乾き、体の芯から熱くなってくる。きっと頰《ほお》は上気し、目も潤《うる》んでいるに違いない。だけどどうしようもない。この体は、自分でも恐ろしいほど快楽に弱かった。

興奮した性器は下着の中で窮屈そうにしている。このままだと、零れた体液で下着を濡らしてしまいそうだ。これから仕事なのに、粗相をするのはまずい。

「今日は早く帰れるの？」

覚が問いかけてくる。彼の親指は、ぐりぐりと乳首を押しつぶしていた。痛いくらいの強さに眉を寄せる。

「……多分、そんなに遅くはならないよ」

声が震えないように、少し早口で答えた。覚の指から少し力が抜けた。

「理はどんな感じ？」

「俺も遅くならないつもり」

理が静かに答える。二人は同じタイミングで乳首を引っ張り、円を描くように撫でた。

「ん……」

乳首に爪を押し当てられ、腰を突き上げそうになった。慌てて鞄を抱える腕に力を込めた。

「そっか。じゃあ、みんなで散歩に行こうか」

覚が声を弾ませた。

「いいね。そうだ、首輪につけるリードを買おうと思ってたの、忘れてた」

「あ、そうだ。すっかり忘れてたよ」

端から聞けば、犬の話のようだ。だが家に犬はいない。首輪をつけて散歩するのは、多希自身だ。

近所の公園で、全裸に首輪だけをつけて、犬のように散歩する。誰かに見られそうだけど、その恐怖や、公の場で露出する後ろめたさが興奮に繋《つな》がってしまう。

どこまでも貪欲に快楽を欲しがる体を、多希はもはや制御できなかった。

アナウンスが駅に近づいたことを知らせる。そろそろ二人が降りるターミナル駅だ。

覚が上着のボタンをきっちりとはめてくれた。二人の手が離れる。だけどそう簡単に熱はおさまってくれない。散らない熱に内腿《うちもも》を摺《す》り合わせた。

「兄ちゃんはどう思う？　リード、いるかな」

双子の顔を見上げる。くせのない栗色の髪、切れ長の瞳と通った鼻筋。薄い唇の下には、左右対称の位置にそれぞれほくろがある。

二人は多希を見て、同時に唇を引いて笑った。残酷な光を帯びた眼差しに息を飲む。

「……そうだね。あった方が、いいかも」

ペットの話をする仲の良い兄弟の会話を装いながら、リードに引かれて散歩する自分を想像して、体を疼かせる。一体どこまで堕《お》ちれば、淫《みだ》らなこの体は満足できるのだろう。

双子が降りるターミナル駅に、電車が到着した。

「「今夜も可愛がってあげるね」」

両側から同時に囁《ささや》かれると、脳を貫《つらぬ》かれたような錯覚に陥《おちい》る。無意識の内に微笑《ほほえ》みを浮かべ、静かに頷く。

車内の人の大半がドアへと向かう。双子もその流れに乗った。それを見送ってから、多希は下肢の変化を気づかれないように鞄で隠しつつ、空いた車内の反対側のドアまで移動する。

ポールに摑まって、静かに目を閉じた。

今夜は一体、どんなことをされるのだろう。公園への散歩か、それとも……。

期待に高鳴る胸の鼓動を落ち着かせるために、多希は深く息を吐いた。

背徳を誘う双つの手

1　多希

「お先に失礼します」

残業がなかったその日、戸川多希《とがわたき》は定時でフロアを出た。エレベーターで一階に下りる。会社を出て駅に向かう途中、よろしくお願いしますと専門学校のチラシを渡された。就活応援・リクルートフェアと書いてあって苦笑する。二十六歳になるというのに、先日も就活アンケートに協力してくれと声をかけられたばかりだった。

黒髪に大きな目、小柄な体つき。自分を年齢より幼く見せているのはそういった要素と、気が弱くて優柔不断な性格が出ている表情のせいだろう。引っ込み思案な部分は少しずつ改善されてきているように思うけれど、それでも人並みにまだ遠い。

絶対に見ないと分かっていても、チラシを鞄《かばん》にしまう。こういったものを適当に捨てられないのは性分だ。

駅の階段を上がると、快速電車が到着したところだった。これに乗ると、三十分で自宅の最寄り駅に着く。だけど多希はそれに乗らず、五分後にきた普通電車に乗る。これだと小一時間もかかってしまう。

それでも、一人で混雑している電車に乗るのは苦手だから、急いでいない時はいつもゆっくり帰ることにしていた。

運よくシートの隅《すみ》に座ることができた。鞄を膝《ひざ》の上に置き、携帯を確認する。昼過ぎに、父親のいる名古屋《なごや》へ着いたというメールが母親から入っていた。来週には帰るからとも書いてある。

この四月から、多希の環境は大きく変わった。

約四年前、大手食品メーカーに就職した多希が配属されたのは、縁もゆかりもない札幌《さっぽろ》支店だった。慣れない営業の仕事で叱責《しっせき》される日々が三年続いた後、支店経理課に異動となった。細かく地道な仕事内容は多希によく合っていた。

仕事ぶりを評価してもらえたおかげで、四月から東京《とうきょう》本社の経理部勤務になった。同時期に父の名古屋への転勤が決まった。単身赴任の予定だったが、母は多希が戻ってくるなら自分もついていきたいと言い出した。せめて月の半分でもいいから、と。

多希が高校一年生の時、母は父と再婚した。父には双子の息子がいた。それからは家族五人、多希が就職してからは四人での生活だった。

たぶん母は、父と夫婦二人の生活がしてみたかったのだろう。多希は母の意見を聞き、父を説得。結局、母は自宅と父の元を、行ったり来たりすることになった。

父が単身赴任を言い出したのは、双子の義弟が高校三年生という大事な時期にいるからだ。その二人の世話をするという名目ができたことは、勝手に実家を遠く感じていた多希にとっても好都合だった。

母がいなくても、双子と仲良くやっていける。そう思って始まった共同生活は、思っていたようなものではなかった。

きっかけは、帰りの電車で多希が痴漢《ちかん》に抵抗できずにいる姿を、双子の義弟の一人、理《おさむ》が見たことだ。他人に体を触らせたと多希を責めた双子は、多希を犯し、その姿を写真に収めた。

双子による嗜虐的《しぎゃくてき》な行為のおかげで、何も知らなかった多希の体は淫《みだ》らなものに変えられた。九歳年下の義弟に支配されて喜ぶようになり、多希は自分の変化に怯《おび》えた。

どこまでも堕《お》ちていきそうで怖くて、双子から離れたこともある。だけど一人にされると、双子だけの世界が羨《うらや》ましくて仕方がなかった。そして多希から、二人に手を伸ばした。

三人でひとつになるという形を選んだことを、多希はもう後悔はしていない。父と母への罪悪感はあるけれど、それ以上に双子を思う気持ちが強かった。

これから一週間、家は多希と双子と三人だけになる。

どういう日々が始まるのかは、考えなくても分かっていた。この日を待ち望んでいたつもりはないけれど、胸が酷《ひど》く高鳴って治まりがつかない。飢えた体は、双子からの甘い陵辱《りょうじょく》を期待している。

双子の義弟との関係を認めてから、多希は自分でも驚くほど充実した毎日を過ごしていた。

仕事をし、家に帰ってくると双子と過ごす。母がいる時は多希の部屋が、三人しかいない時は家中のすべての場所が、濃密な行為の舞台になった。

ふしだらな交わりは禁忌《きんき》に満ちている。それにもかかわらず、受け入れてしまえば不思議な開放感が多希を包むようになっていた。

駅を出た最初の交差点、なんとなく見た携帯にメールが届いていた。

『バゲットを二本買ってきて。今夜はシチューだよ』

ハートの絵文字で結ばれたそのメールは、双子の義弟のもう一人、覚《さとる》からだ。

その場で引き返し、駅前のパン屋に寄る。頼まれたバゲット二本と朝食用の食パンを買った。

二人が待つ家に早く帰ろう。家路を急ぐと、額に汗が滲《にじ》む。湿度の高い日が続いている。そろそろ上着はいらないかもしれない。

吹き出る汗を拭《ぬぐ》いながら自宅に帰りつく。双子はリビングで揃《そろ》ってテレビを見ていた。既に制服から、部屋着に着替えている。

「ただいま」

「「おかえり」」

ソファに理が座り、その足元の床に覚が寝転んでいる。二人は同時に振り返った。栗色の髪は同じ長さだ。切れ長の目も、薄い唇も、通った鼻梁《びりょう》もよく似ていた。違いは口元のほくろだ。右下にあるのが理、左下にあるのが覚だとすぐに分かる。

二人はテレビに視線を戻した。

「何を見ているの？」

覚はともかく、理がテレビを熱心に見ているのは珍しい。問いかけると同時に、多希も画面へ視線を向ける。そこにはたくさんの子犬が団子状に丸まっている姿が映っていた。

「可愛いよ、ほら」

覚が顔をこちらに向けてにっこりと笑った。その横で理は目を細めて子犬たちの姿に魅入っている。

「本当だ。みんな可愛いね」

母親の後についてよちよち歩く姿は頼りなく、それがまた愛らしい。

ドキュメンタリー番組らしく、淡々と犬の成長が紹介されている。

「理はああいう子が好きだよね」

覚が指差したのは、体が小さくて成長が遅い子犬だった。子犬同士のじゃれ合いでも、やり返せずにいるおとなしい子だ。

「うーん、そうだなぁ。放っておけないと思っちゃうからかな」

苦笑した理は、視線をサイドボードに向けた。その先には、昔飼っていた愛犬、マロンの写真がある。

理は家族の中でもとりわけマロンを可愛がっていた。根気よく躾《しつけ》をしたのも彼だった。愛しげに写真を見た後、理は視線を伏せた。その寂しそうな横顔に胸が痛み、できるならば自分がマロンの代わりになりたいとさえ思う。

たぶんこの思考回路はおかしい。分かってはいるけれど、仕方がない。自分は決して、何かを飼うという立場にはなれないのだ。

覚が理の膝に手を置く。理は視線を落とし、覚の頭をそっと撫《な》でた。

二人が睦《むつ》み合っているのを邪魔できず、そっとその場を離れる。

キッチンには夕食の準備がしてあった。鍋には大量のビーフシチューがある。大きく切った肉がごろごろとしている。きっと覚が作ったのだろう。彼は最近、料理をするのが楽しいらしい。母がいる時も、よくキッチンで手伝っている。

手を洗ってうがいをしてから、自室に行って部屋着に着替えた。明日の出社準備を整え、キッチンに戻る。

二人はまだテレビに夢中だ。その間に多希はバゲットを切り、トースターに入れておいた。冷蔵庫にあったたらことサワークリームを混ぜたディップを用意して、テーブルに並べる。

バゲットにたらこのディップを塗ったものは、双子の大好物だ。そもそもは父親の好物で、母はよく日曜日の昼に出してくれた。

トマトを切ってサラダを作り、テレビ番組が終わったところを見計らってシチューを温め、二人に声をかける。

「食事にしようか」

「「うん」」

二人は同時に頷いて立ち上がった。理の目がうっすらと潤《うる》んでいる。どうやら感動する内容だったらしい。

バゲットは覚に任せ、シチューをたっぷりと皿によそった。カトラリーは理が準備してくれた。

三人がそれぞれの席についたところで食べ始める。いただきますという声が揃った。

「……おいしい」

シチューを一口食べてみて、その本格的な味に驚いた。大きく切られた肉は、蕩《とろ》けるように柔らかい。

「でしょ」

覚は嬉《うれ》しそうに胸を張った。

「午前中で学校が終わりだったから、昼過ぎから煮込んだんだ。レシピも調べたんだよ」

「すごいなぁ。覚は研究熱心だね」

「だっておいしいもの作れたら嬉しいじゃん」

覚がシチューを口に運びながら微笑《ほほえ》んだ。

「逃避じゃないのか」

理は静かに言い、バゲット片手に覚を流し見た。

「そういえば来週から中間テストだったっけ」

冷蔵庫に貼られたカレンダーを見やる。テストの予定が理の字で書かれていた。それに合わせて母も帰ってくる予定だ。多希も締め日で忙しくなる。

「一学期の成績で推薦が決まるから、今回は頑張《がんば》らないとなぁ」

覚は志望校の推薦入学を目指していた。それが駄目《だめ》でも一般入試で挑《いど》むと決めているらしい。

「物理がまずいんだよね。……理が受けてくれればいいんだけどなぁ」

「すぐにばれるよ」

苦笑した理は、バゲットにディップをのせてかじった。かりっといい音がした。

理は予備校でも授業料が免除になるほど優秀だが、まだ志望大学も学科も絞ってはいなかった。母はそれをとても心配して、多希に機会があれば聞いてみてと言い置き父の元に向かっていた。

「第一、俺がそんな点数を取ったら先生が驚く」

「そんなって、どんなだよ」

覚が口を尖らせ、理を小突いた。

「いつもお前が取ってる点数」

当然といった口ぶりで言い放たれた覚は、理の皿に手を伸ばした。

「食ってやる」

皿の上のバゲットを奪い取り、覚はこれ見よがしにたっぷりとディップを塗って頬張った。

「まだあるから平気だって」

澄ました顔で理は立ち上がり、追加で焼いたバゲットをトースターから取り出した。席についてディップを塗り、優雅に口に運ぶ。

「焼きたての方がおいしい」

「うわ、そっちもちょうだい」

「駄目」

目の前でバゲットを奪いあっている二人は、とても楽しそうだ。

「まだ焼こうか？」

既にバゲットは一本分、焼いてしまっていた。多希はまだ一切れしか口にしていない。

「「うん」」

二人の声が揃った。この様子ではまだ食べそうだ。

「じゃあ焼くね」

バゲットを切りながら、仲良くシチューを食べ始めた二人に破顔する。

血の繋《つな》がりはないけれど、多希にとって双子は本当の兄弟も同じだ。

何もかも認めてしまい、秘密さえも快楽のスパイスなのだと開き直ったら、二人と過ごす時間はとても大切なものになった。

自分を苦しめていたのは、必要以上のモラルだったのかもしれないとさえ思う時がある。それは都合がいい考えだとも分かってはいるが、自分に嘘をつけるだけのずるさが多希には芽生えていた。

トースターをセットして、席に着く。テーブルの反対側に並んで座った双子は、こちらを見て同時に口を開いた。

「「兄ちゃんも食べなよ」」

「うん、食べてるから大丈夫」

ゆっくりとスプーンでシチューをすくい、口に運ぶ。こうして三人だけで食事をするの

も、今はとても楽しかった。

夕食の後片付けは、理がすることが多い。

たまに双子はじゃんけんでどちらがやるか決めているが、お互いに次の手が読めるらしく、いつまでも決着がつかなかった。

長引くと面倒になるのか、多希が見る限りではいつも理が負けている。きっとわざとだ。

母が畳んでくれた洗濯物を自室に片付けてから、リビングへ戻った。

ソファに座り、読みかけの本を手にとる。

「何読んでるの？」

横にやってきた覚が覗《のぞ》き込んできた。

「ミステリーだよ」

先週買ったばかりの文庫本の表紙を見せた。まだ読み始めたばかりだけど、面白くて続きが気になっている。

「兄ちゃんはいつも本を読んでるね」

「これくらいしか趣味はないから」

「ふーん。俺もたまにはそういうの、読んでみようかな」

そう言った覚は、写真雑誌を手にしていた。

「覚はミステリー小説の結末を先に読んじゃいそうだよね」

キッチンから理がやってきて、話に加わる。

「そんなことないって」

「どうかな」

理が穏やかに言ってから、多希に視線を向けた。

「兄ちゃん、デザートだよ」

彼が持っている皿には、数粒のいちごがある。

「ありがとう」

受け取ろうと手を伸ばす。しかし理が皿を置いたのは、テーブルではなく、床の上だった。

「——はい、どうぞ」

ことん、というその音が、それまでの穏やかな空気を一変させる。

覚が手にしていた雑誌をテーブルの上に放り投げた。

「食べなよ、兄ちゃん」

「おいしいよ」

二人が交互に言って、笑いかけてくる。

「……」

二人の瞳に宿る熱に、息を飲んだ。彼らの顔と床の上に置かれた皿を順に見る。

多希は静かに本を閉じた。続きなんてもうどうでもよくなっていた。

「ここにおいで」

屈み込んだ覚が床を叩く。

「手はこっちね」

立ったままの理に言われ、手をフローリングの床についた。

理性がこんなに簡単に消えてしまうなんて、数ヶ月前まで想像もしてなかった。

次の命令を持って顔を上げる。きっとその日は、潤んでいたに違いない。

胸の内に潜んでいた、暗い欲望が暴かれる。この瞬間のぞくぞくとする愉悦《ゆえつ》に、多希の呼吸が乱れ始めた。

理がいちごを一粒、手に取った。

「口開けて」

突きつけられたいちごに、おそるおそる唇を寄せる。随分と大粒ないちごだった。

「食べていいよ」

理の許可が出てやっと、歯を立てる。甘い果汁が迸《ほとばし》った。

「甘くておいしいよね」

理の囁《ささや》きに頭を縦に振った。そうするとご褒美《ほうび》のように頭を撫でてもらえる。咀嚼《そしゃく》したいちごを飲み込む。口角から零《こぼ》れた果汁を、覚の指が拭ってくれた。

「このいちご、兄ちゃんの乳首と同じ色だね」

指を舐《な》めて笑った覚は、着ていたシャツの上から、多希の胸元を探った。小さな突起を見つけると、そこを緩慢に撫でる。

「っ……」

もっと強い刺激を知る体には、布越しの愛撫はもどかしい。

「いやっ……」

反射的にそう言って覚の手から逃げた。

「嫌じゃないでしょ」

首筋を冷えた手で撫でられる。ソファに座った理が、後ろから多希の両脇に腕を通した。

「そうだよ、触られるの好きじゃん」

正面にいる覚が、啄《ついば》むようなキスをしてくる。唇を開いてもっと深いキスを誘ったけれど、彼はあっさりと離れてしまった。

理に抱え上げられ、背をソファに預ける。投げ出した足の間に、覚が体を置いた。

二人にシャツのボタンを上下から外され、前を開かれる。

「兄ちゃんのここもおいしそうだね」

覚が胸元に顔を近づけてきた。

「あんっ……」

乳首に吸いつかれ、舌で転がされる。小さなそれを尖らせるように、色んな方向からちろちろと舐められた。

反対側の乳首は理の指先に弄《もてあそ》ばれる。摘《つ》ままれて芯を持ったそこを指の腹で擦《こす》られて、息が乱れた。

「いっ……たいっ、やっ、覚っ……」

覚に歯を立てられ、鈍い痛みに顔をしかめる。痛くて怖い。それなのに、何度もそうされる内に体が疼《うず》き出した。

後ろから理が耳を撫でる。産毛が逆立つような感覚にじっとしていられず、もがいた足を覚に押さえ込まれた。

「うっ……」

顎《あご》を持たれ、天井を見上げるように固定された。その状態で、理が唇を重ねてくる。息ができない。その苦しさに朦朧《もうろう》としながら、差し入れられた舌を夢中で吸った。理に口移しでいちごを与えられる。一口かじったら、その実を覚が奪い取った。取り返したくて追いかけると、果汁と混じった唾液を流し込まれる。それを飲み干し、もっと欲しいと覚の舌を吸った。

体の自由は利かないのに、神経だけが研ぎ澄まされていく。与えられた刺激に反応してすっかり形を変えた性器が、窮屈《きゅうくつ》でたまらない。

「ね、脱がせて……」

ねだるように腰を突き出すと、覚が下着に手をかけた。腰を浮かせて協力する。

「あー、なんかここ、中途半端だね」

覚が下腹部に顔を寄せて呟《つぶや》いた。

「しばらく手入れしてないから、仕方がない」

まるでペットの話のように理が言った。

生えかけの体毛と熱を持った欲望を見られ、羞恥《しゅうち》に眦《まなじり》が濡《ぬ》れる。

「じゃあ、可愛くしてあげようか」

二人に抱えられ、バスルームまで連れて行かれた。

これから始まる行為への期待に、多希の胸はどうしようもないほど高鳴る。

「どうして欲しいか言って」

タイルに座らされた。双子はバスルームのドアを開けたまま、中に入ってこようとしない。

支配者のように見下ろす、二人分の視線を全身に感じた。欲望を孕《はら》む瞳の光に、体が震える。

「これ……」

生えかけの体毛を処理してと、自分からねだらなくてはならないのだ。

その恥辱《ちじょく》を想像しただけで、多希は自分の中にあるスイッチが入ったのを感じた。視界が更《さら》に潤み、焦点が合わなくなる。体の内側から熱くなって、爪先《つまさき》まで痺《しび》れた。

「僕には……いらないものなので、全部……、剃《そ》って、ください……」

屈辱的な台詞を全裸で言い、服を着たままの二人の前で足を広げる。

中途半端な体毛に覆われた性器も、その奥もすべて晒《さら》す。

何度見られても恥ずかしさに変わりはない。けれど足を閉じたり、逆らったりという選択肢は頭になかった。そんな必要はない。二人は多希が喜ぶことしかしないと、信じている。

「だってさ、理」

「じゃあちゃんと綺麗《きれい》にしてあげなきゃ」

二人の吐息が膝にかかり、びくびくと震える。

「たった数日でも、こんなに伸びるんだね」

まばらな下生えを指で確認しながら、覚が呟いた。彼は手早く剃刀《かみそり》とジェルを用意し、そこを何も隠せない状態にするべく準備を始める。

ジェルを塗られ、肌が粟立つ。寒気を感じて震えた体を、理が押さえた。

「動いたら駄目だよ」

覚は左手で、器用に剃刀を動かす。目を逸《そ》らしたり、閉じたりすることは禁止されていて、多希はいつもこの作業を見ていた。

熱を孕む性器を理が持ち上げ、覚が剃刀を使って綺麗にしていく。

肌にあたる冷たい金属の感触に震えそうなのを堪《た》え、ぎゅっと指先に力をこめた。

「くっ……」

硬い刃が肌の上を滑る。そのぞくぞくした感覚に身を委ねている内に、欲望が硬く膨《ふく》らみ出した。

明るいバスルームでは、その反応を隠せない。すぐに理が気づいた。

「あれ、どうしてここが大きくなっていくの？」

ぴん、と人差し指で弾かれる。それだけで甘い痺れが全身に広がり、そこは切なげに震えた。

「ただ毛を剃っただけなのにね」

「何を想像したのかな」

嘲《あざけ》るような口調に唇を噛《か》む。内腿《うちもも》に力が入った。

二人の前で、欲望がびくびくと揺れる。嘲りにさえ反応してしまう自分が惨《みじ》めだ。だがその惨めさは、快楽の踏み台になってくれる。

「こんなに大きくしちゃってる」

覚の手がくびれを包み、緩く揉《も》む。

「うう っ……」

剃り落とした体毛ごと、シャワーで流された。子供のようにつるつるになった無防備な股間で、欲望が滑稽《こっけい》なほど昂《たか》ぶっている。

「お願い、きてっ……」

足を開いて誘う。二人の目を引きつけるように、最奥に指を這《は》わせた。

「ここも、気持ち良くして……お願い……」

シャワーで濡れた窄《すぼ》まりを押し開く。それがどれだけふしだらな行為か分かっていても、体内に疼く熱を吐《は》き出したい衝動が勝っていた。

「そこにどうして欲しいの？」

理が静かに問いかけた。

「二人の……しゃぶらせて」

後孔を犯されての絶頂を知ってしまうと、性器で達するだけではもう満足できなかった。硬いもので貫かれる、あの圧倒的な愉悦が欲しい。

「そこまでおねだりされたら、あげないとね」

「好きなだけしゃぶらせてあげるよ」

二人が服を脱ぐ。多希は目を閉じて息を吐いた。

——僕はこんなにいやらしい人間じゃない。

どこか醒《さ》めた自分が、遠くから見て呟く。

でも、とまた別の自分が否定する。お前は義弟である双子に嬲《なぶ》られて、いつも喜んでいるじゃないか。お前は淫乱なんだ。

淫乱。確かにそうだ。でも、二人はそれでいいと言ってくれた。だから何も、考える必要はない……。

極端な思考が頭を支配する中、多希は伸《の》し掛かってきた体を抱きしめて足を絡めた。今はとにかく、目のくらむような快楽に溺れたかった。


翌朝、双子は多希の体を気遣って駅までゆっくり歩いてくれた上、電車の中でも優しかった。

ブレザーにストライプのネクタイというオーソドックスな制服を着た彼らは、多希を囲むようにして立ってくれる。

珍しくいつもより空いていたので、体は密着するまではいかない。理にもたれかかっていると、覚が急にあっ、と声を上げた。前に回した鞄を開けて、眉《まゆ》を寄せる。

「古典のテキスト、忘れちゃった。理、持ってたら貸して」

「持ってるよ。何時間目？」

「四時間目」

「じゃあ三時間目が終わったら取りにきて。うちは二時間目だから」

二人の会話を聞いている内に、ふと学校内での彼らの様子が気になった。

隣のクラスだとは聞いているが、二人は一体どんな風に学校生活を送っているのだろう。理は授業を聞いていそうだが、覚はどうなのか。どんな友達と、どんな話をしているのか。

想像をめぐらす内に、二人が乗り換えるターミナル駅についていた。

支えてくれていた理が、平気かと囁いた。頷いて彼から離れる。

「じゃあ、行ってくるね」

軽く手を振った覚と何も言わない理に、小さく手を上げる。

次の駅で降りて会社に向かった。昨夜の荒淫のせいで足は重かったが、気持ちは晴れやかだ。

駅から徒歩五分、八階建てのビルに辿《たど》りつく。多希の職場である経理部は四階だった。

「おはようございます、戸川さん」

会社のエレベーターで声をかけてきたのは、総務の女子社員だった。

「おはようございます」

笑顔で挨拶を返す。彼女とは何度か顔を合わせていたが、名前を呼ばれて少々驚いてしまった。

これまで、よく名前を忘れられてきた。何度も顔を合わせている取引先に、はじめまして言われたことも少なくない。

だが今の多希は違うようだ。自分の席に着くまでに、声をかけてくれる人が増えた。多希も笑顔で挨拶を心掛けている。こんなに愛想が良くなった自分を見たら、前の同僚は別人と思うかもしれない。

席に着いて今日の仕事の準備を始める。定時の朝礼が終わるとすぐ、課長に話しかけた。

「これを承認していただかないと、次の作業ができないんですが」

課長のトレイにたまっていた書類を掘り起こし、決裁をお願いする。

「ああ、すまん。ここでいいんだったよな」

「こちらにもお願いします」

それを見ていた、多希の隣席の同僚、斉藤《さいとう》も立ち上がった。

「俺のもお願いします」

斉藤もクリアファイルから書類を出して課長の前に置いた。

多希は斉藤と、支払依頼の処理や売上集計の資料化という業務を分担している。清潔感があって優しい彼とは気が合って、仕事もやりやすかった。

「おお、こっちもか。悪いな」

斉藤と二人、書類にサインを貰《もら》う。

「戸川さん、一緒にコピーしてきますよ」

「うん、じゃあお願い」

手にしていた書類を斉藤に渡す。多希は自席に戻って、ほっと息をついた。

上司に対して物怖《ものお》じしなくなった。誰かに仕事をお願いもできる。

生まれ変わったとまでは言わないけれど、知らなかった自分の一面が表に出てきているようだ。

それもこれもすべて、双子のおかげだ。彼らが臆病《おくびょう》で内気だった多希を変えてくれた。

二人のことを考えるだけで、早く家に帰りたくなる。そして今日も、二人と……。

浅ましい願いが頭をかすめ、多希はそれを追い払おうと頭を軽く振った。

仕事中に余計なことを考えるのはやめようと自分に言い聞かせる。そうしないと、会社でこの体を昂ぶらせてしまいそうだった。


その週は家に三人だけで、たくさん淫らなことをして過ごした。

淫靡《いんび》な時間はあっという間だった。家のありとあらゆる場所で体を繋《つな》げ、いやらしい声を上げた。

その翌週から、双子は中間テストを控えて勉強に本腰を入れ、母も帰ってきたために家での接触はなくなった。

朝の電車内でも二人がノートを見ているので、多希に触れてもこない。

多希も忙しい時期に入り、遅くなる毎日が続いた。家ではシャワーを浴びて寝るだけだ。

週末には父も帰ってきて、久しぶりに家族が揃った。五人での食事は、とても賑《にぎ》やかなものになった。

いつものように覚と母が喋《しゃべ》る。多希と理、そして父が聞き役になった。

学校や父の単身赴任先の話から始まり、はやりのドラマやバラエティの話題と、会話は尽きなかった。

食事が終わっても、多希はダイニングテーブルから動かず、父に付き合った。

双子が部屋に行き、母が風呂に入ると、急に家が静かになる。

「多希には迷惑かけるな」

父がウィスキーを飲みながら言った。

「ううん、全然迷惑じゃないよ。二人とも手伝ってくれるから、心配しないで」

父はテーブルに肘《ひじ》をつき、グラスの氷を指先でつついた。

「理はしっかりしているから心配してないが、覚は遊び歩いてないか」

「ちゃんと勉強してるよ。僕が遅い時は食事の支度もしてくれてる。覚にはちゃんとやりたいことがあるから、大丈夫だよ」

「そうか。多希がそう言うなら安心だな」

微笑んだ父がグラスに口をつける。

「私たちに話せないことも、多希になら話せるのかもな。よろしく頼むよ」

「……うん。父さんも、母さんをよろしくね」

そしてごめんなさい、と心の中で続ける。

父の大事な息子二人と淫らな関係に耽《ふけ》っている。自分という存在が、彼らの歪みを増長させてしまった。

その申し訳なさを胸にしまいこみ、父の食べていたナッツを指で摘まんだ。

「ああ、任せとけ」

明るく笑う父にいたたまれなさを覚え、視線をテーブルの上に落とした。

双子とは、両親にだけはばれないようにと話し合っていた。悲しませるのは本意ではないし、引き離されたくもなかったから、この関係は三人だけの秘密にしようと決めている。

一生隠し通すから、二人のそばにいることを許して。

願いを胸に、多希は顔を上げ、父に微笑んだ。

仕事が一段落した金曜日、多希が家に帰ると、小さな庭に人影があった。

隣家との境目の辺りに、誰かが座り込んでいる。

今日から母は父のいる名古屋に向かったから、双子のどちらかだろう。彼らも今日でテストが終わったはずだ。

「おかえり」

多希の気配に気づいて振り返ったのは、覚だった。唇の左下にあるほくろが目に入る。

それをぼんやりと見つめながら、どうしたの、と問いかけた。彼の手にはカメラがあり、それは隣家の犬に向けられている。

「ちょっと試し撮り。父さんがこのレンズ使っていいって言ってくれたから。いいでしょ」

覚がカメラを見せる。

いつも使っているレンズと何が違うのか多希にはよく分からなかったが、覚の態度から想像するに、きっといいレンズなのだろう。

覚は角度を変えて犬を撮った。わん、と犬が元気に吠《ほ》え、長い尻尾をぶんぶんと振っている。

隣に住む夫婦は、既に子供たちが独立して二人暮らしだ。たまに旅行などで留守にする時は覚に犬の散歩を頼んでいて、犬も彼に懐《なつ》いている。

愛想が良くて人懐っこい覚は、多希も知らない近所の住人とも交流があった。朝も駅に行く途中で挨拶をしたりして、付近で顔が広いようだ。

「こら、舐めるなよ」

カメラを一旦脇に抱えて、覚は犬の頭を撫でた。

ひとしきり犬と遊んだ後、覚は再びカメラを構えた。

真剣な眼差しは、明るく元気な彼とはまるで別人だ。甘えたがりでいつも多希に抱きついていた弟ではなく、ひとつのことに熱中する青年の顔をしていた。

「俺、兄ちゃんが褒《ほ》めてくれたから、写真を始めたんだよ」

「……え？」

いつしか見惚《みと》れていたようで、覚に話しかけられても、呆《ほう》けた声を出してしまった。

「覚えてない？　子供の頃、うまく撮れたねって褒めてくれたんだ」

立ち上がった覚が、カメラを愛しげに眺《なが》めた。

「俺、理みたいに勉強は好きじゃないし、スポーツもここまで夢中になれなかった。だからさ、こうしてカメラに出会えて幸せなんだ」

大事そうにカメラを抱えた覚は、柔らかな笑みを浮かべていた。

優しそうなその表情に胸が高鳴り、鞄を持っていた手に力が入る。鼓動は激しくなるばかりで、覚から目を逸らした。

覚を慕うように尻尾を振る犬が、まるで自分のように見えてきた。羨ましいと思う自分は、どうかしている。

「家に入ってるよ」

できる限り自然にそう言い、その場を離れた。

玄関のドアを開ける。覚もすぐ後ろについてきていた。

「理はまだ帰ってきてないの？」

人の気配がしない玄関を見回す。スニーカーが置いてあったが、それが双子のどちらのものか分からなかった。

「うん。帰ろうとしたら担任に捕まってた。長引きそうだから先に帰れって言われたよ」

覚は靴箱の上にカメラを置いた。

「兄ちゃん」

靴を脱いだ時、覚が後ろから抱きついてきた。腰に回された腕の力強さに驚く。

そのまま唇を奪われた。首を捻《ひね》る角度が苦しくて逃げようとすると、正面から抱き直される。

舌で唇の表面を舐め、強弱をつけて吸われた。膝が笑い、覚にすがりつかないとその場に崩れそうになる。

「っ……ンっ……」

緩んだ隙間から差し入れられた舌が、口内を熱心に探った。

情熱的な口づけに翻弄《ほんろう》される。久しぶりの体温に、心臓が破裂しそうなほど高鳴っていた。

だが密着した胸から伝わる彼の心音もまた、自分と同じように速い。

「……どうしたの？」

唇を離しても、顔中にキスが降ってくる。

「ね。部屋に行こ」

いいでしょ、と耳にかじりつかれた。

「……うん」

きっと覚は飢えているのだ。それが分かるのは、多希もまた満たされていないからだった。

導かれるまま、階段を上がって彼らの部屋に行く。

足を踏み入れた途端、いつも感じる甘いにおいがした。多希を狂わせる、この香りの正体は一体なんだろう。

覚がベッドに腰掛ける。

「してくれる？」

頷いて、スーツ姿のままで覚の前に跪《ひざまず》いた。

彼が履いていたハーフパンツの上から、屹立に触れる。もう硬い。無言でそれに頬ずりをした。愛しくてたまらなかった。

覚は下着ごとハーフパンツを引き下ろした。天を仰ぐ昂ぶりが現れる。

「俺のこれ、好きだよね」

顔に押しつけられたそれに、唇を寄せた。温かなそれを両手で持ち、ゆっくりと飲み込んでいく。

最初の頃はうまくできなかった口淫も、今ではすっかり慣れて上手にできるようになったと思う。喉《のど》を開き、かなり奥まで飲み込んで締めつけることも覚えた。

「うっ……」

口内で質量が増すのを確かめながら、頬を窄めて吸った。

膨れた筋を舌で辿る。舌を小刻みに動かして、くびれの裏にある三角形の場所を刺激した。

「いいよ、兄ちゃん……」

覚の声がかすれる。彼の下腹部に力が入った。

感じてくれているのだと思うと嬉しくなり、今度は先端を上顎に押し当て、擦るようにして頭を前後させた。

昂ぶりを口から引き出しては招き入れる。繰り返すごとにスピードを上げた。

同じ粘膜なのに硬さが違うことを教えるように、押しつけ合った。しなるそれが喉をくすぐり、多希まで感じてしまう。たまらずネクタイを緩め、腿をすり合わせた。

後頭部を包むように手が置かれ、頭全体を緩く動かされる。じゅぶじゅぶという卑猥《ひわい》な水音と、二人分の乱れた呼吸が部屋に満ちた。

喉の奥を探られる。擦られることで目覚めた口内の粘膜が、甘く疼いた。火照《ほて》った体から汗が滲みだす。

覚の視線を感じて、頬を窄めた。唇がめくれるほど激しく出し入れを繰り返す。

「ただいま―」

いきなりドアが開き、驚いて顔を上げた。口から覚の性器が逃げる。

理が立っていた。部屋に入ってきた彼は、多希と覚の姿を見ても眉ひとつ動かさない。

「おかえり。早かったね」

覚もまた動揺した様子もなく、理に話しかける。

「思ったより早く解放してくれたよ」

多希の顔に、唾液で濡れた覚の屹立が押しつけられた。それに鼻を擦りつける。

「またあの話?」

「うん」

ごく普通に二人は会話していた。覚の前で多希が奉仕しているというのに。

その異常な光景に、ぶるりと震えが走った。血液が下肢に集まっていく。

理が制服姿のまま机に向かった。

「どうしたの？　続けてよ」

ね、と覚に髪をかき回されて、再び昂ぶりを口に含む。

横から咥《くわ》えてやわやわと甘噛みしてから、飲み込んで唇を使って扱《しご》く。震えるそれが先端から零す蜜を啜《すす》り、もっと欲しくて舌で窪みを抉《えぐ》った。

薄く目を開ける。理は机に向かっていた。背中がこちらを拒絶しているみたいで寂しい。

「っ、いく、よ……」

覚の動きが速くなり、喉奥を容赦なく突いた。

「んんっ……」

苦しさに呻《うめ》きながら、必死で逞《たくま》しい覚自身に吸いつく。

やがてそれはびくっと脈打ち、体液を迸らせた。

口の中にひろがるその独特のぬるさと苦味に、肌がざわめきだす。そのままごくり、と音を立てて飲み込んだ。

「あー、気持ち良すぎだよ。すぐ出ちゃったじゃん」

覚の手が首筋に触れ、すっと撫で下ろした。

「……んっ……」

要求されずとも、硬いままの性器を根元から舌で舐めて清める。覚が優しく頭を撫でてくれ、喉が鳴った。

覚は終わってもすぐには体を離さない。彼は甘えたがりで、普段から多希に抱きついてくる時もある。

「ありがとう」

柔らかい声で言った覚がベッドから降りてきて、抱きしめてくれた。彼の首筋に顔を埋めて乱れた呼吸を整えていると、ふと視線を感じて顔を上げた。

理がこちらを見ている。よかった、と何故《なぜ》か酷く安堵した。

「おいで、兄ちゃん」

理が膝を叩いて多希を呼ぶ。彼の望むことは分かっていた。床に手をつき、彼の足元まで這っていく。

椅子に座った彼の上に跨《また》がるように引き上げられ、唇を塞がれた。

顎を持たれて口を大きく開けさせられる。それから舌が入ってきた。

口内にある覚が放ったものの残滓《ざんし》を舐め取られ、吐息さえも奪われる。頭がくらくらと揺れてしまうほど、濃厚な口づけだった。

「っ……や、めっ……」

息苦しさから逃げても、すぐに追いかけてくる。

唇が離れたのは、ドアが開く音がしたからだった。覚が部屋を出て、賑やかに階段を下りていく。

「舐めて」

多希を床に下ろした理が、制服の下肢を寛げた。下着の上から、存在を主張し始めている屹立に触れる。

二人は性器の色も形もよく似ていた。感じるところも一緒だ。

そんなことまで知っている自分に目眩《めまい》を覚えながら、理のそれを取り出した。

まだ柔らかさが残る欲望を両手で揉み、先端を咥えて舐める。

すぐに力を漲《みなぎ》らせた屹立を、丹念に育てていく。

やがて天を仰ぐほどに育ったそれを、唇に挟んだ。覚にそうしたように、頭を上下させる。

覚がカメラを手に部屋へ戻ってきた。目が合って、慌てて目を閉じる。

「んくっ……」

えづきそうになるほど深いところまで突き入れられ、涙が滲む。鼻先を下生えがくすぐり、顔をしかめた。

口の中が理の性器でいっぱいで、窒息しそうだ。

それでも懸命に舌を動かした。理の腿に手を置き、崩れそうな膝を支えて奉仕する。

「いいよ、もっと舐めて」

くびれの裏側を尖らせた舌でつつく。理の体にぐっと力が入るのが分かった。

「っ……」

覚にしたように、先端の窪みを舌先でこじ開ける。理が息を詰めた。

「……いくよ」

幾分乱暴に揺さぶられる。理はあまり機嫌が良くないようだ。こちらを見下ろす瞳には、いつも以上に冷たい光が宿っていた。

いつの間にかすぐ近くに覚が立っていて、レンズを多希に向けている。

こんな姿を撮られてしまうかと思っただけで、体温が上がった。喉が渇き、このまま干からびてしまいそうだ。

だがシャッター音は聞こえない。覚はカメラを置いてしまった。

「んっ……」

口内に大量の精液が放たれる。熱い飛沫《ひまつ》が喉を打つのが苦しくて、でも逃げたくなくて、それを飲み干した。

舌で清める前に、理が離れていく。引き出されたそれを、物欲しげに目で追いかけてしまった。

「はあっ……」

濡れた口元を手の甲で拭う。

多希の下肢も昂ぶっていた。乾ききった体は、刺激を求めている。二人に触れられたくてたまらない。

「どうしたの、そんな目をして」

理が優しく問いかけてくる。

「俺たちのを舐めるだけじゃ、足りないのかな」

顎を持ち上げられ、目を覗き込まれた。まるで浅ましい欲望まで見透かされるようで、羞恥に視界が曇っていく。

「そんなに苛《いじ》めちゃ駄目だよ」

覚が多希の髪をそっと撫でた。

「兄ちゃんは淫乱なんだから、気持ち良くしてあげないと」

「そうだったね」

まるで今思い出したかのように理が頷いた。

「しばらく触ってあげられなかったから、飢えてるのかな」

首を傾げた理が立ち上がった。

「服を脱いで、ベッドに乗って」

言われるまま、二人の前で着ていたスーツを脱ぐ。指先が心臓のように脈打つせいで、ベルトがうまく外せない。

なんとか下着を引き下ろし、すべてを脱ぎ捨てた。男らしさとは縁のない、貧弱な体を二人に晒す。

生えかけの毛と昂ぶった性器を視線でなぞられ、息苦しいほど感じてしまいながら、ベッドに腰掛けた。

「こんなに濡れ濡れだと、シーツが汚れちゃうよ」

先走りの多さをあげつらわれ、目が潤む。

「うわ、こっちもすごいわ。ローションなくてもいけるんじゃない？」

「やっ、無理……」

見下ろす理の目は、覚と違って感情があまりなかった。彼はいつもどこか醒めた目をしている。射精が終わるとすぐに離れるし、多希にべったりとしたこともない。だけどたまに、とろとろに甘く優しい表情を見せてくれる。その時は必ず、覚が横にいた。それが何を意味するのか、多希にははっきりと分からない。ただもし彼が、昔の自分のように何かに縛《しば》られているなら、それから解放してあげたかった。

後孔に指を伸ばす。入口を押し開き、中の粘膜を露《あら》わにした。即物的な誘い方は、双子だけでなく、多希自身も昂ぶらせる。

「ね、濡らして……」

腰を振って浅ましくねだる。

覚がボトルを持ってきて、そこをたっぷり滴《したた》るほど濡らしてくれた。

ぬめるローションを指で塗りこめながら、多希は自ら窄まりを広げる。柔らかくうねるようになるまで、丹念に潤した。

指の出入りが楽になると、大胆に指を埋めては引き出す。二人の視線を意識しながら、かき回してみせる。

「んっ、ここ、……欲しいっ……」

彼らの玩具になった気分だった。しかもそれは、多希自身が望んだことだ。苛められ、言葉で嬲られて、快楽を追う。それの何がいけないのか。

欲しい気持ちが我慢できず、指の数を増やし、後孔を慰めた。

湧《わ》き上がってくる甘がゆさに身をくねらせる。

「もういいんじゃない？」

覚がそう言って、多希の指に沿わせて指を挿入してきた。

体内の柔らかさを確認するようにかき混ぜてから、多希の指もまとめて引き抜く。

「おいで」

ベッドに腰掛けた覚の上に、後ろ向きで跨るよう促された。

「自分で入れてみて」

覚に唆《そそのか》され、後孔を指で開く。彼の屹立に押し当てると、入口がきゅっと引き締まった。

「あうっ……入っ……ちゃう……」

硬くしなる欲望を突き入れてもらうと、そこが喜ぶのが分かる。

くびれた部分を飲むまでは、少し苦しい。だがそれを越えてしまうと、あとは快楽があるだけだった。

それを期待して、奥まで飲み込もうとする。

だけど多希の腰を押さえた覚は、中途半端に埋めたままでかき回してきた。

「あっ……や……もっと、きて……」

浅いところを擦られるだけじゃ足りない。たまらず腰を後ろに突き出してねだった。

「奥も気持ちいいんだよね」

「ん、……奥も、好きっ……」

待ち望んだもので最奥が満たされる。無意識に零れた吐息は、自分でも驚くほど熱かった。

「ん、いいっ……そこ、突いて……」

体を揺らしながら、目の前に立つ理の性器を手に取り、頬張る。

胸の突起を理が摘まんだ。人差し指で転がされ、そのむずがゆさに腰を左右に振る。

「すごい眺め。兄ちゃんのここ、俺のにしゃぶりついてるよ」

「やっ……言わないで……」

奥深くを犯される快楽にのけぞって酔いながら、覚を見上げる。

口から外した理の性器を右手で握り、根元から扱いた。

「理に教えてあげてるんだよ」

浅く深く、腰を使って責めたてながら、覚が囁く。

「大丈夫、分かるよ」

理がうっとりとした声で言い、多希に口づけた。

二人が自分を通してひとつになってくれるのが、たまらなく嬉しい。彼らを繋ぐことを他の誰もできないと思うと、誇らしくさえ思う。

「こっちは自分で扱いて」

つんつんと短い毛が当たる下肢に、理が多希の手を導いた。性器に指を絡め、懸命に慰めた。

二人と繋がっているのに、自慰をしてるかのような錯覚。甘い屈辱に酔いしれ、多希は自らの手に熱を放った。

土曜日、多希が昼過ぎに起きると、覚がリビングで携帯電話を触っていた。

「起きた？　体は大丈夫？」

「……うん」

改まってそう聞かれるとどうも照れくさい。

「理はもう行った？」

今日、理は模試のために朝早くから出かけると聞いていた。

「とっくに出かけたよ。もうすぐ帰ってくるんじゃないかな」

食欲がなかったので、食事代わりに野菜ジュースを飲んだ。少し体がだるい反面、奇妙にすっきりした気分だった。

「兄ちゃんは今日、どっか出かける？」

「ううん、家にいるつもり」

特にこれといった予定はなかったので、首を横に振る。

「じゃあさ、いちゃいちゃしよ」

覚に手を引かれ、膝の上に乗せられた。後ろからぎゅっと抱き込まれる。

「何？」

状況が分からずに戸惑《とまど》って顔だけ振り返ると、覚がそっと耳の後ろに唇を落とした。

「いいじゃん、たまにはさ。こうやってくっついて話すのも。駄目?」

甘えた口調で言われて、拒めるはずがなかった。返事の代わりに、体を覚に預ける。

腰に手を回したまま、覚が口を開いた。

「……昨日さ、理が学校で二年の女子から告白されたんだって」

「えっ、そうなの」

「すぐ断ったって言ってたけどね」

そこから覚が話してくれた学校生活の話題は、理が中心だった。

合間にキスを繰り返す。まるで恋人同士のようにぴったりと密着して、頬を触れ合わせたり、お互いの肌を触りあった。

戯れるような行為は、求め合う時とは違い新鮮で、どこか気恥ずかしい。

「兄ちゃんの会社はどんな感じなの?」

「ごく普通だよ。課長は体育会系かな。隣の席の同僚がすごくいい人で、仲良くしてもらってる」

「へぇ。……兄ちゃんの働いているとこ、見てみたいなぁ」

覚がそう言って多希の耳朶《じだ》を噛んだ時、玄関が開く音がした。

「ただいま」

理が帰ってきた。リビングに足を一歩踏み入れてから、軽く首を傾げる。

「何してんの」

「兄ちゃんに甘えてんの。いいだろー」

覚が弾んだ声で言い、多希のこめかみにキスをした。ちゅっと可愛い音に頬を染める。

「くすぐったいよ」

身をよじっても、腰に回された腕は強く逃げられなかった。

「楽しそうだね」

理が口元に薄い笑みを乗せて呟き、リビングを後にした。その背中が妙にこわばっているのが気になり、多希は覚と顔を見合わせた。


それから数日、理の様子はおかしかった。なんとなく棘《とげ》があるようで、覚ともあまり話をしていないようだ。朝の電車の中でも、多希に触れず何か考えている。

何があったのかと心配していたある日、多希が仕事を終えて家に帰る途中で理に会った。制服姿の彼は、生徒会の引継ぎで遅くなったのだと言った。

「大変だね」

「でももうすぐ終わりだから」

感情のない声で返した理は、更に平坦に続けた。

「あとは受験勉強に本腰を入れないと」

そういえば彼の進路はどうするつもりなのだろう。聞こうと思ったけれど聞き出すきっかけを摑《つか》む前に、家に着いてしまった。

ドアを開ける。靴を脱ごうとした時、理に腕をとられた。

「ここで服を脱いで」

「……えっ？」

すぐに意味が分からず、聞き返す。こちらを見つめる理は、冷えた欲望を宿してもう一度言った。

脱ぎなさい、と。

「できないよ、そんな……」

ここは玄関で、服を脱ぐような場所じゃない。

「できないじゃない。やるんだよ、兄ちゃん」

理の眼差しには、静かな炎が見える。

家の前を車が通る音が聞こえた。

「なん、で……？」

どうしてそんな要求をされるのだろう。着ていたスーツをきゅっと握る。ただ脱げと言われただけなのに、もう息が弾んでいた。

「理……」

体から力が抜け、その場に座り込む。

足音に顔を上げる。二階にいた覚が降りてきた。

助けてと口にする前に、理が覚に言った。

「あれ、持ってきて」

「……了解」

二階へ消えた覚は、すぐに戻ってきた。その手にはローションのボトルと首輪、それに細長い玩具がある。覚がどこかから入手してきたその玩具は、卑猥なフォルムをしていた。

覚もまた、自分を嬲るつもりなのだ。そう気づいた途端、何かがぷつりと切れた。

緊張の糸か、それとも理性か。どちらにしろ、今の多希には必要がない物だ。

ごくりと息を飲んでから、多希はネクタイのノットに手をかけた。ゆっくりと引き抜く。

それから上着を脱ぎ、ベルトを外してスラックスを靴下ごと脱ぎ捨てた。玄関マットの上で、シャツと下着もとる。

「いい子だね」

残酷なほど優しい笑顔で、理が多希に首輪をつけた。固い革の感触に、体の奥が疼きだす。

今ここで、誰かが来たらどうしよう。こんな姿を見られたら、淫らな本性がばれてしまう。

喉が張りつきそうなほど干上がり、手足が震えた。

「手をついて。濡らしてあげるよ」

覚の手が尻を割り開き、そこにローションを垂らされた。冷たいそれが肌を滑る。

「うっ……」

上半身が倒れそうになるのを、玄関マットに爪を立てて堪えた。

「あっ……入って、くる……」

たっぷりのローションで下拵《したごしら》えされた窄まりに、玩具を挿入される。

先端の段差を埋められて何度か出し入れされた後、細長いそれを最奥まで入れられた。

「っ……やだ、気持ち……わるいっ……」

体温のない無機質さに眉を寄せる。こんなのじゃいやだ。もっと熱いものが欲しい……。

玩具を押し込んだ覚が、ぱん、と尻を叩いた。痛みに収縮したそこが、ぎゅっと玩具を抱きしめるように窄まる。

「さ、ベッドに行こうか」

理の声に顔を上げる。

「落としたらお仕置きだよ」

おいで、と二人に呼ばれた。その一言が、まるで呪文のように多希を従順にさせた。

右手を前に置く。次は左手。更に右膝、左膝と順番に前へと進めていく。

「ううっ……」

体の奥にある玩具が粘膜を刺激し、その場で呻いた。四つん這いで階段を上るよう命じられ、一段目に手をかける。

「ちゃんと階段を上がって」

這《は》い蹲《つくば》うようにして、階段を進む。

肘と膝が痛い。それでも我慢して、一段ずつ階段を上っていく。その度《たび》に埋められた玩具の当たる位置が変わり、愉悦が募っていった。

「あー、床に垂れちゃってる」

覚が多希の性器に触れる。そこは後孔への刺激だけで、先端から喜びの涙を流していた。

「こんなことされて、気持ちいいんだ」

嘲る台詞に顔をしかめる。窄まりを玩具で犯されているのに、感じてしまう。羞恥と屈辱がない交ぜになり、涙が滲んだ。

ハアハアと、犬のように舌を出して呼吸しつつ、最後の一段を上がった。

二階についた途端、その場に崩れ落ちる。

「どうしたの？」

目の前に理が屈み込んだ。

「も、くる……しい……」

潤んだ目で二人を見上げる。そこには確かな媚《こび》があった。

「ほら、部屋までおいで」

顎の下を撫でられる。

恍惚としたまま体を起こし、二人の部屋まで這った。やっとベッドの下に辿りついた時には、視界が濡れ、すべてがあやふやになっていた。

二人がベッドに並んで腰を下ろす。

「ご褒美だよ」

それぞれ自分の昂ぶりを下着から引き出す。

ふらふらとそれに吸い寄せられた。導かれるまま二人の昂ぶりを両手に握り、まずは左手にある理の性器に顔を寄せる。

舌で形を確認するように辿りながら、右手で輪を作って覚のそれを扱いた。

次に覚の性器を口に含む。左手は理の熱に浮き上がった血管を辿った。

「っ……」

すっかり大きく立ち上がった二人の性器に陶然となり、両手に捧げもった。交互に口をつける。

与えられた途端、これが欲しくて欲しくてたまらなくなった。どうしたらこれで、気持ち良くしてもらえるだろう。

「うまくなったね、兄ちゃん」

褒めてもらえるのが嬉しくて、一層強く吸いつく。手と口を使い、二人に無心で奉仕する。

二人への愛しさでいっぱいになる。彼らが喜ぶならば、なんでもしてあげたかった。きっと自分は、どこかが壊れてしまったに違いない。だけどそれを後悔はしていなかった。

唇を離す。糸を引く唾液が、多希の口淫の熱心さを教えてくれた。

二人はほぼ同時に頂点に達した。タイミングが合わず、多希は理のそれを口で、覚のそれは顔で受け止める羽目になった。

熱を浴びて、頭のねじがどこかへ飛んでしまう。

「……んんっ……」

気がつけば二人の性器を舌で清め、最後の一滴まで吸い上げていた。すべてを自分のものにしないと気が済まなかった。

顔に飛び散った白濁を、覚の指が拭ってくれる。優しい手つきが嬉しい。

後孔が、埋められたままの玩具に絡みつくように窄まっている。そこをなんとかして欲しくてたまらず、二人を見つめた。

「これが欲しいの？」

覚が熱を放っても硬さを失わない自らの性器を指で摘まんでみせた。

「……欲しいっ……」

口にした途端、それが欲しい気持ちが抑えられなくなる。見せつけるように扱く手つきから目が離せず、音を立てて息を飲む。

「じゃあここにおいで」

覚に呼ばれてベッドに上がる。仰向けにひっくり返された。

背中にまでじっとりと汗が滲む。

「こっちもすごいよ。もうとろとろ」

屹立の先端から零れた蜜を理が指ですくい取った。そしてそれを、軸全体に塗りこめていく。

パンにバターを塗るみたいな手つきに、口元がだらしなく緩んだ。もっとして欲しくて我慢できず、足を大きく広げる。

「早く……」

せかすように体を揺らす。

「これ、抜くよ」

覚が玩具を引きずり出した。緊張が解けて力を抜いていると、入口のあたりで再び押し込められ、先端で弱みを擦られた。

「あんっ、そこ、気持ちいいっ……」

無機質なものに犯されて乱れる、ふしだらな自分が恥ずかしい。

ずるりと玩具が引き抜かれ、その勢いに粘膜が震えた。

「ひっ……」

玩具で綻《ほころ》んだそこは、熱を孕みひくついている。

刺激が欲しい。こんなんじゃ足りない。発情した体が暴走する。

「ちょうだい……」

自ら足を抱えた。無言で理が伸し掛かってくる。

「あっ……すごい、おっきいよぅ……」

奥まで埋められた瞬間、予想以上の喜悦が押し寄せてきた。全身が痙攣《けいれん》する。

「……、いく、いっちゃう……」

「いいよ、いきな」

理に促され、熱を放った。

「うわ、そんなに締めたら駄目だって」

理の指が耳をくすぐる。彼は顔を寄せ、浅い呼吸を繰り返す多希の唇を啄んだ。

「すごいな、俺も気持ち良くなってきた」

呟いた覚に手を伸ばす。彼はしっかりと手を繋いでくれた。

理が激しく体を揺さぶってきた。多希の欲望が再び立ち上がってくる。

「っ、出るっ……出すよ、兄ちゃん」

一層大きくなった楔《くさび》が、びくびくと脈打つのがはっきりと分かった。そしてそこから、熱が放たれるのも。

体内に広がる欲望の証《あかし》に、全身が歓喜した。体が裏返りそうなほどの絶頂に溺れていく。

どうしてこんなに、感じてしまうのだろう。何もかもが良くてたまらない。

そのまま二人と共に快楽に溺れ、やがて意識は白い光に塗りつぶされた。


金曜日、多希は夕食の買物を終えて駅前のスーパーを出た。ちょうど電車が到着したばかりらしく、人が多い。改札を出た人がこちらに向かってくる。その中に、理の顔が見えた。多希に気がついた理が足早に寄ってくる。

「兄ちゃん、今帰り?」

「うん、さっき着いてそこで買い物してた」

「いつもの普通に乗ったのかな」

時間がある時は普通電車で帰ってきていると、前に話してあった。痴漢被害を心配した双子は、そうするのがいいと賛成してくれている。たまに同じ電車で顔を合わせることもあった。

「そうだよ」

「持つよ」

理は多希が手にしていたエコバッグに手を伸ばした。

「平気だって」

そう言っても、理は青いエコバッグを持ってしまう。

「ありがとう」

照れくさくてつい早口になる。

今日は覚が部活で遅くなる。理と二人分だから、彼の好物を作るつもりで材料を買ってあった。

家までの道のりは、ほぼ無言だった。

多希も理も自分から話題を探してまで口を開く性格ではなかったし、今の多希はこの沈黙が怖くはない。

自宅のドアは理が開けてくれた。

「どうぞ」

大切に扱われるのは、どうもくすぐったい。女の子じゃないのだから、そこまでしてくれなくてもいいのにとも思う。

靴を脱いだ時、ふと前にここで覚にキスをされ、理に脱げと命じられたことを思い出した。

「どうしたの？」

「……なんでもない」

理が手にしていたエコバッグを床に置き、多希の顎を掴む。

触れるだけのキスをされた。すぐに離れたから、唇の柔らかい余韻だけがそこに残る。

驚きのあまり瞬きを忘れてその場に固まった。

「そんなにびっくりしなくても」

微苦笑しながら、理に肩を抱かれる。そしてもう一度、啄むような口づけを受けた。

じっと目の奥まで見つめられ、とくん、と心臓が鳴った。いつもの理らしからぬ言動が、多希から落ち着きを奪う。

「な、なんで……」

「して欲しそうだったから」

なんでもお見通しとばかりに言われ、頬が急に熱くなった。心の中を読まれてしまった気分だった。

「お、お腹すいたね。すぐご飯にするよ」

ばたばたと靴を脱ぎ、キッチンに向かう。もっとすごいことをたくさんしてきたのに、今は理の目が見られないほど恥ずかしかった。


「兄ちゃん、ちょっといい？」

食事の後、珍しく理から話しかけてきた。コーヒーを用意して、ダイニングテーブルで向き合う。

理は進路に迷っていると打ち明けてくれた。

「担任や予備校が医学部の受験を勧めるんだ」

「そうなんだ。理は優秀だからね。……頼りがいのあるお医者さんになりそうだよ」

白衣姿がすぐに思い浮かんだのでそう言ってみたが、理は首を振った。

「そんなことないよ」

もしかすると金銭面を気にしているのかと思って聞いても、理は首を横に振った。それから口を開きかけてはやめてを繰り返した後、実は、と切り出した。

「兄ちゃんにだからはっきり言うけど、俺はそこまで人間に興味がないんだ」

理はテーブルに視線を落としたまま言った。

興味がない。それはとても納得がいく言葉だった。

多希から見ても、理は他人に関心がないと思わせる面がある。彼にとって家族以外の人は興味を払う対象ではないようだ。

理は携帯電話を持っているが、通話どころか、メールのやりとりをしている姿も殆《ほとん》ど見たことがない。まめに触っているのは覚だ。

「そっか。じゃあしょうがないね」

頷くと、理が弾かれたように顔を上げた。

「そんなにあっさり言っちゃうの？」

「うん、なんとなく気持ちは分かるから」

理は言葉で気持ちを表現するのも、他人に踏み込まれたり踏み込んだりするのも苦手そうだ。そう思うのは、多希自身が同じタイプだからだった。

誰かと会話するより、一人で黙々とする作業の方がストレスを感じなくて楽だ。

「……分かってもらえて嬉しい」

理がテーブルに肘をついて続けた。

「動物ならいいんだけど。でも獣医になったら、結局は飼い主と話さなきゃいけないから」

「先生や予備校は理の成績だけを見て医学部を勧めているんだろうね」

「たぶんそう」

「じゃあ何か、なりたいものはないの？　それがあれば、きっとみんな納得してくれるよ」

理は指を組んだ。それからぼそりと呟く。

「空を飛びたいって、思ってる」

「空？」

「うん。……パイロットになりたい」

抑えた声で、でもはっきりと、理が言った。

「ずっとそう思ってたんだ。……まだ覚にしか話してないけど」

はにかんだようなその表情は、いつもの理と違ってはっとするほど可愛らしかった。

「パイロットか。昔から、飛行機好きだもんね」

十年ほど前、家族で旅行に出かけ、初めて双子は飛行機に乗った。機内では珍しく理が興奮してはしゃいでいて、その横で覚が飛行機酔いをしてぐったりしていたのを思い出す。

「難しいかもしれないけど、頑張りたい」

「理ならきっと大丈夫だよ。僕は応援する」

すっきりした顔をした理が、椅子に背を預けて微笑んだ。

「ありがとう。兄ちゃんに話して、すごく勇気が出た。父さんたちにも、担任にも話してみる」

「うん、そうした方がいいよ」

ずっと優秀だと言われ、落ち着いた雰囲気がする理にも、やはり年相応の悩みがあった。

それを聞かせてくれたことが、多希を穏やかな気持ちにさせる。

「これでやっと、覚と同じスタートラインにつけたかな」

理が肩を竦《すく》めた。

はっきりと自分の将来が見えている覚に、どこか複雑な感情があるのかもしれない。

多希を抱く時はひとつになりたいと望む彼らだが、どこかで張り合う部分もあるのだろうか。

マグカップをゆっくりと口に運ぶ。

自分はまだ、二人をよく分かっていない。彼らの胸の内にある、お互いを思い合う気持ちの強さも完全には理解できていない。

できる限り二人のことを知りたい。誰よりも彼らに近い存在でいたかった。

初めて知る独占欲に戸惑い、マグカップをぐるぐると回す。底に残ったコーヒーの表面の揺れが収まる頃、視線を感じて顔を上げた。

理は優しい目をして多希を見つめていた。覚と二人の時、たまに見せていた柔らかな表情だ。

一層落ち着かなくてもぞもぞしていると、ただいまという明るい声が響いた。

機材を抱えた覚がリビングに入ってくる。

「「おかえり」」

理と多希の声が重なり、顔を見合わせて笑った。今日は妙に、理と波長があう。

「早かったね」

「うん、思ったより順調で。あー、重かった」

肩を回した覚がダイニングテーブルまでやってくる。

「ご飯あるけど、食べる？」

「うん、食べる！　みんなで食べたんだけど、足りなくてさ」

「じゃあ準備するね」

理が席を立った。

「俺は風呂の準備しとく」

「お願い」

残っていたおかずの皿を電子レンジで温める。

「理と何かあった？」

不意に声がかかり、振り返った。手を洗い終えた覚が後ろに立っていた
「え、なんで」

手を止めた。別にやましいこともないけれど、なんと答えればいいのかさっぱり分からなかった。

「理が落ち着いてたから。最近、ずっとぴりぴりしてたんだよね。それが今はあれだから。

で、どうしたの？」

「ちょっと話をしただけだよ」

ふーん、と覚は納得したのかどうか分からない声を上げた。

「兄ちゃん」

「あっ」

いきなり腰に腕を回される。覚は懐くように首筋に顔を埋めてきた。

「……ありがとう」

その一言がくすぐったくも嬉しくて、多希は口元を緩めた。


「来週は母さんがいるから、兄ちゃんとゆっくり遊べないね」

そう言い出したのは、食事を終えた覚だった。

「ああ、そうだね」

冷蔵庫のカレンダーを見た理が頷き、じゃあ、と続ける。

「今日は一緒にお風呂に入ろうか」

反対するつもりもなかったので、多希は頷いた。

バスルームに行き、自分から服を脱ぐ。

三人もいれば窮屈なバスルーム。期待していなかったといえば、嘘になる。

しかし二人は、ただ一緒に風呂に入っただけだった。

「狭いな」

覚と二人でバスタブに浸かっていると、理まで入ってきた。ざばっと派手な音を立ててお湯が溢れてしまう。

「理が出ろよ」

覚が小突いたが、いやだと理が言った。その口調がまるで覚のようで、多希は声を立てて笑ってしまった。

「懐かしいね、こういうの」

子供の頃はこうやって三人で一緒に入った。二人の体と髪を洗ってあげて、バスタブで百まで数えた。

上がったらすぐに飛び出そうとする二人を抑えて、タオルで拭うのが大変だった。

あの頃も今も、二人への愛しさは変わらない。ただ愛情の種類が変わっただけだ。

風呂を出ると、理が多希の髪を乾かしてくれた。覚にタオルで体を拭かれる。グルーミングされているみたいだった。

三人でそのままじゃれあうようにリビングに行く。ソファに座り、双子の両方と交互にキスをして肌を探りあう内に、多希はいつもと違う高揚感に襲われた。

二人を独り占めしたい。その欲求を、多希は体で表現することにした。

二人に自分からキスをして、誘うように体を押しつける。愛撫をねだり、キスを欲しがった。

どんどん体が昂ぶっていく。もっと強い刺激が欲しくて、多希は二人を見つめた。

「ね、今日は気持ち良くなるとこを見て」

緩く立ち上がった性器を握ってみせる。二人はちらりと視線を絡ませた後、同じタイミングで頷いた。

「「いいよ」」

大きく足を広げる。昂ぶりを見せつけるように両手で握り、根元を揉んでから上下に扱く。

あるはずの体毛がないそこは、子供のように無防備だ。

「んっ、気持ちいいっ……」

二人の前で自慰に耽る。視線さえも愛撫だった。

「そこが気持ちいいんだ」

くちゅくちゅと音を立てるそこに、床に跪いた二人が顔を近づけた。

「すごいね、こんなに濡れて」

先端から零れる蜜の多さをからかわれ、その恥辱に体が熱くなる。

「兄ちゃん、ここを開いて」

理が性器の先端にある蜜口を指した。

先走りに濡れたそこを親指で開く。中を覗いた二人は、内側の粘膜の色が後孔と一緒だと感想を述べて多希を赤面させた。

「そのままにしてて」

そう言って二人は、いきなりそれぞれの欲望を扱き出した。

何が起こっているのか分からず、二人を見上げる。利き手が反対の彼らが目の前で繰り広げる自慰に、覚えず喉が鳴った。

目元を上気させた二人と共に、多希も息を荒くした。リビングが淫靡な息遣いに満ちる。

「いくよ、兄ちゃん」

理の声を合図に、二人は多希の欲望めがけて射精した。先端の窪みに注ぎ込むように、熱を放たれる。

「ああっ……！」

尿道を逆流するその感覚は奇妙な熱を呼び、注ぎ込まれたそれを吐き出すように多希も白濁を吹き上げてしまった。

三人分の白濁にまみれた性器と手を見て、多希は言いようのない興奮を覚えた。濡れた指を咄嗟《とっさ》に口に含む。

ぬるい体液が官能を揺さぶった。

「いやらしいなぁ」

理の指が多希の顎を摑んだ。

「本当に兄ちゃんは可愛いよ」

覚が多希の右足を持ち上げた。

「すごいね、こっちもひくついてる。欲しがりだね」

覚が入口を両手の人差し指でぐっと開く。

「ひっ……」

普段は感じない場所に空気が触れ、体がぴくんと跳ねる。その拍子に、覚の手を吸うように粘膜が震えた。

「一緒に中を触ろう」

三人分の白濁で濡れた指を、ひくつく窄まりへと導かれる。

覚と共に指を抜き差しした。すぐに体の奥が疼きだし、熱を放ったばかりの屹立に血液が集中する。

欲しい。欲求に突き動かされ、覚の下肢に手を伸ばした。彼の欲望が再び硬くなっているのを確かめてから、ちょうだい、とねだる。

そのままソファに押し倒され、足を高く掲げられた。

「あうっ……」

慎みを忘れた後孔に、覚の性器が入ってくる。熟れた柔らかな粘膜は歓喜してそれを包み込んだ。

屹立を根元まで押し込み、覚が眉を寄せた。

「すごいな、そんなに締めたら奥に行けないよ」

覚は多希の右足を持ち、その指を口に含んだ。舐めしゃぶられる感覚に肌が震え、体の力が抜ける。

そのまま覚は動き始めた。弱みをくびれで押したり、入口の縁をめくっては戻したりして多希を喘がせる。

足が下ろされ、覚が覆いかぶさってくる。多希の汚れた下腹部が湿った音を立てた。

「ああっ……！」

突き上げる動きが激しく力強くなり、体が揺れる。汗をかいた背中がソファにしみを作りそうだけど、構っていられない。

横にいる理に胸の突起を弄《いじ》られ、不規則なリズムで腰を突き上げる。

「あ、んっ……」

いろんな場所から襲う快楽に、泣きながら身をくねらせた。じっとしていられないほど強烈な喜悦の波に翻弄されていると、こちらを見つめる理と目が合った。

どうして彼はそこにいるのだろう。彼に手を伸ばした。

「……理も、きて……」

「いいの？」

理がぎゅっと手を握り返してくれる。

「明日は休みだから、大丈夫でしょ。ね、兄ちゃん？」

覚に問いかけられ、必死で頷いた。

二人を同時に受け止めると、体に負担がかかる。だからいつもはできない。だけどその時が最も快楽が深いのだと、三人とも知ってしまっていた。

「平気……だから……理も……」

きて、と彼の手を引く。

「全く、兄ちゃんがここまで淫乱だなんて思わなかったな」

苦笑した理は、多希に顔を寄せて甘いキスをくれた。

みんなで気持ち良くなりたかった。それがとてもいやらしいことだとしても、ひとつになりたい衝動が多希を突き動かす。

「兄ちゃん、俺に掴まって。そう。……ほら、理も来いよ」

覚が繋がったまま、多希を抱え上げた。彼の腕に首を回して落ちないようにすがりつく。

「あぅっ……」

覚が彼を受け入れた窄まりを指で押し開いた。喉から悲鳴にも似た音が迸る。

背中に理の体温を感じた。腰に手がかかる。そして最奥に、熱いものが押し当てられた。

「くっ……はい、るっ……」

少しずつ、理のそれが入ってくる。息を詰めて、必死で体から力を抜いた。

理がぐっと体重をかけてきた。覚の指が窄まりを大胆に開いたせいで、理の屹立がずるりと収まる。

「うわ、すごいな」

そう呟いたのがどちらなのか、もう分からない。じっとしていられずに体をよじりながら、二人の性器を受け入れて湿った息を吐く。

体の奥深くが重苦しい。喉が干上がり、指先が震えている。体が引き裂かれそうで辛い。

二人が入っているのは、体のほんの一部分。けれどそこからの感覚が、今の多希のすべてだ。

「はぁっ……」

正面にいる覚の汗ばんだ肌の熱さが恋しくて、顔を埋めた。

「いい、動くよ」

囁かれ、こくりと頷く。

二人はゆっくり動き出した。最初は多希の反応を見ながら、探るように。

「あっ、そこ、いいっ……」

やがて、多希の声が痛みではなく喜悦に支配される。それに気がつくと、二人は大胆なストロークで多希を突き上げ始めた。

二人同時に引き抜かれると、体を裏返しにされるような恐怖と、それを上回るような強烈な愉悦を感じて涙が零れた。

「やっ……壊れちゃうっ……」

口にしてから、首を振る。壊れてもいいじゃないか。この体はもう、二人のものなのだから。

「すげぇ……なんだよ、これ」

覚が唸《うな》ったその唇に、理がキスをした。二人は小さな声で何か言った。彼らの一言一言を逃したくなくて、口元に視線を向ける。

唇の下、鏡に映したような位置にあるほくろが艶《なまめ》かしくて、二人のそれを必死で舐めた。

「可愛いよ、兄ちゃん」

覚がそう言い、耳にまで舌を差し入れてくる。

「もういきそうだね」

理の手が多希の屹立の先端を指で弾いた。

「んんっ、……や、もっ……と……」

三人でキスをしながら、滅茶苦茶に揺さぶられた。腕も足も舌も絡め、どこまでが誰なのか分からないまま声を上げ続ける。

「「兄ちゃん、愛してるよ」」

二人が囁いて、強く抱きしめてくれた。

確かな愛が、この胸にある。たとえそれが他人から見たら不道徳で歪んでいても、もう何も恐れるものはなかった。

多希にはもう、二人と共に生きていく道しか考えられない。そのためなら、身も心もすべて投げ出す覚悟はできている。

「……もっと、きて」

背徳へと誘う二人の手を握り、多希はすべてを任せるべくうっとりと目を閉じた。絶頂はもうすぐそこにあった。あとはただ、三人でそこまで駆《か》け上がるだけだ。

2　理

体を離すと、多希《たき》は気を失うようにして眠ってしまった。

理《さとる》と覚《おきむ》は二人で多希の体を清める。理のベッドへ横たえ、規則的な呼吸が聞こえてきたのを確認した。

「……おやすみ」

ベッドの隅に腰掛けた理は、そっと多希に囁いた。

子供の頃はとても大きく見えたのに、今や多希の体は理の腕に収まるほどだ。ブランケットをかぶせ、華奢《きやしや》な手首をとって中に入れる。

「んっ……」

身じろいだ多希が、ピローに頰を寄せた。懐くような仕草が可愛らしい。

すぐに薄く唇を開いた多希から、穏やかな寝息が聞こえてくる。

こんなにも可愛くて淫らな義兄を、手に入れることができた。信じられないような展開に目を細める。

望んでいたすべてのものが手に入るなんて思わなかった。

「よく寝てるね」

覚が小さな声で言う。

「今日はここで寝かせるよ」

「そうしよう。俺のとこで一緒に寝よ」

床に膝をついた覚は、多希の顔を覗き込んで笑みを浮かべた。

「あー、兄ちゃんは可愛いなぁ」

理が覚以外の人間に興味を持ったのは、多希が初めてだ。

覚の兄という、窮屈で違和感のあるポジションから理を解放してくれたのは多希だった。

二人とも、大事な弟。そう言ってくれたあの日から、多希は理にとって特別な存在だ。

自分と覚の二人で完結していた世界は、多希を通して大きく広がった。双子を区別しない兄にどれだけ救われたか分からない。

多希はとにかく優しかった。性格も穏やかで、声を荒らげることもない。怒っている姿だって見たことはなかった。

そんな兄が、理も覚もずっと大好きだ。だから多希が就職して家を出て行った時は、何かが欠けてしまった気がして寂しかった。

でもどこまでの『好き』なのか、理自身も、そして覚も、良く分かっていなかったと思う。当時はまだ、好きという感情に種類があるなんて知らなかったから。

ただいい弟でいれば、いつかは多希といられると信じていた。いつまでも多希は自分たちだけのものと、根拠もないのに思い込んでいた。

だから多希が帰ってきた時は、素直に喜んだ。また優しい兄と共に過ごせる、それだけで充分なはずだった。

だが痴漢に嬲られる多希の姿を見た時、理は怒りと同時に、激しい独占欲を覚えた。

その体を他の男に触らせるな。兄ちゃんを泣かせるのは、自分たちだけでいい……。

その怒りと勢いのまま、多希を抱いた。そして一度そうしてしまうと、もう止められなかった。

好きだからこそ、泣かせたくなる。いい弟の仮面を捨てると、あとはエスカレートするだけだった。

そんな行為が自分でも恐ろしくなった頃、多希がもうやめようと言い出した。

また覚と二人の世界に戻るのだろうか。その寂しさを胸に過ごしたのは、だが予想外にもたった数日だった。

快楽に弱い多希の方から求められ、三人でひとつになった。夢のような毎日の始まりだった。

何もかも受け入れてくれる多希は優しい。まだ自分は子供で、いっぱい甘えてしまうけれど、多希なら受け止めてくれるはずだ。

「もう寝ようぜ」

覚が欠伸《あくび》をした。

「そうだね」

多希の額にそっと口づけを落とし、理は覚に続いて彼のベッドに向かう。

先に横たわった覚が、横をぽんと叩いた。

「今日はここでいいだろ」

「ああ」

寄り添うように横になる。

二人で寝るには、もうこのベッドは狭くなっていた。

「懐かしいな、この感じ」

「でも狭いよ」

向かい合うと、吐息が触れる距離だった。

「しょうがないじゃん、俺らが大きくなったんだから」

昔はじゃれあったまま一緒に寝た。いつも先に眠ってしまうのは覚で、理はよく隣で寝息を聞きながら、彼に抱きついて寂しさを忘れた。

自分を鏡に映したような顔だ。唇の下にあるほくろの位置も、つむじの生え際も、全部反対だ。

運命の悪戯《いたずら》でふたつに分かれてしまったけれど、覚は今も大切な自分の半身だった。

覚の唇に、自分のそれを合わせる。なんとなく、そういう気分だった。

「なんだよ、いきなり」

覚が笑い、同じようなキスを返してくる。

初めてこんなキスをしたのは、もう随分と前だ。

どきどきするという感覚はなかった。それよりもどこかほっとするような安心に包まれた。

それからこの部屋で、両親や多希に隠れて何度もキスをした。そうするだけで、覚と通じ合えるようで幸せだった。

もっとお互いを知りたくなって、思春期を迎えた頃、体を触りあった時もある。

だがそれは、ただ自分たちの体が同じ作りであるという確認で終わってしまった。それなりに興奮はしたけれど、自慰と何も変わらなかった。

それからどんどん交友関係を広げていく覚に対し、自分は誰にも心を許せずにいた。

理の願いはたったひとつ。もっと覚とひとつになる、それだけだった。

けれどそれは不可能な夢だ。だって自分たちは、二人に分かれて生まれてしまったから。

でも今、覚とは多希を介して、ひとつになれる。

初めて抱き合った時の興奮は忘れられない。多希を抱いた瞬間、自分と覚が交じり合った。とてつもない快楽だった。

大好きな義兄と、本当ならば自分であった存在の覚。三人での未来を想像するだけで、胸の奥が柔らかい気持ちになる。満たされるというのがこのことだと、やっと分かるようになってきた。

「ほら、寝るよ」

覚に頭を抱えるように引き寄せられた。

理が何を考えているか分かっていて、それでも覚は追及しない。それでいい。言葉なんて、二人の間にはなくても構わない。

「……おやすみ」

規則正しい鼓動を感じながら、理は目を閉じた。

キャラクター紹介

vol.1

戸川多希《とがわ・たき》

Togawa Taki

ごく普通のサラリーマン

双子にとっては義兄。
食品会社の経理部に勤務する
平凡なサラリーマン。
趣味は読書。特技はそろばん。

☆高校の同級生にＭＲの飛田彬
(『白き双つ魔の愛執』)がいる☆

戸川覚《とがわ・さとる》

双子で戸籍上は弟。
左利き。人懐っこく誰とでも
仲良くなれる。
本格的にカメラを勉強中。

☆大学に入ると
聖の経営するカフェで
バイトを始める☆

左右対称の特徴を多く持つ
ミラー・ツイン

戸川理《とがわ・おさむ》

双子で戸籍上は兄。右利き。
人あたりのいい優等生。他人に
興味はなく、友人は少ない。

☆通っている予備校に矢尾公彦
(『双つ星は抱擁に歪む』)がいる☆

ラフ画ギャラリー vol.1

双子
(175～180cm)
多希 (165cm～)
覚
理
目線が双子のアゴ位。
・高校3年生。
・クセの無いサラサラの髪（栗色）
・多希が見上げる高身長。
・切れ長の目 ・薄い唇
・唇の右下にホクロ → 理。生徒会長。
・〃 左下 〃 → 覚。写真部。左きき。
鵺。
2008.12.02.

淪落を招く双つの手

1　多希

戸川多希《とがわたき》に日常が戻ってきたのは、九月に入ってからだった。

八月はあっという間に過ぎてしまった。仕事が忙しくて、プライベートなんてろくになかった。夏休みもまだ取ってない。

通常の仕事に加え、お盆休み期間は営業のヘルプとして小売店を回った。前に比べると愛想良く振舞《ふるま》えるようになったから、思っていたほど辛くはなかったが、それでも疲れた。

八月の最終日は、家が大騒ぎだった。宿題に殆《ほとん》ど手をつけていなかった覚《さとる》が理《おさむ》に泣きついていたのだ。

多希が家に帰った時、母は覚を叱《しか》っていた。理も呆《あき》れていたため、覚は多希を味方につけようとした。

「兄ちゃん、助けて」

「覚、いい加減にしなさい。多希も手伝っちゃ駄目よ」

母に釘を刺されたので、多希にできたのは食べ物を差し入れするくらいだった。朝までかかってなんとか完成したようだが、覚はぐったりしていた。

双子の学校も二学期が始まり、慌《あわ》ただしさも落ち着いた水曜日。多希は双子の誕生日を祝うため、いつもより早く自宅に帰った。

夕食は二人の好物のチーズハンバーグとコーンスープだった。この組み合わせは、初めてこの家で食べた夕食と同じだ。戸川家では、なんとなく特別なメニューという位置づけだった。

食事を終えても、母と双子、多希の四人ともダイニングテーブルに残る。

「誕生日おめでとう」

母は小さめのバースデーケーキを二種類、用意していた。生クリームとチョコレートクリームだ。

「どっちがいい?」

チョコレートのプレートも二枚用意されていた。理と覚の名前がそれぞれ書かれている。

「「俺、こっち」」

二人は同時に、チョコレートクリームにいちごが乗ったケーキを指差した。

「そういうと思ったわ……」

母がため息をついた。

「本当はチョコ系を二つ予約してたんだけど、手違いで違う種類になっちゃったのよ。ごめんね、どっちかにして」

「「じゃあ俺、こっちでいいよ」」

二人は同時にそう言って、生クリームのケーキを指差した。そして顔を見合わせ、首を傾ける。鏡で映したかのような仕草だった。

このままだと解決しない気がしたので、多希はねえ、と声を上げた。

「乗せるプレートが違うだけで、あとは四等分するんでしょ？　じゃあどっちに名前をつけても同じだよ」

「それもそうね」

母は納得したのか、適当にプレートをさした。

昔から双子の誕生日には、二つのケーキが用意されていた。ひとつのケーキを分け合うのではなく、それぞれの分という形で準備すると両親が決めたらしい。

それなりの考えがあってのことだろうが、双子にとっては、ただ違う種類のケーキが食べられるという認識でしかないようだ。

「多希、火を点けて」

「はい」

ライターでろうそくに火を点ける。

覚がデジカメと携帯で写真を撮った。多希も携帯で二人がケーキを持っているところを撮らせてもらう。

「ろうがケーキに落ちちゃうわよ。早く消さないと」

母に言われて、多希は急いで電気を消した。暗闇にろうそくが浮かぶ。

ハッピーバースデーと、かなり早口で歌った。久しぶりでちょっと照れた。

双子はろうそくを同時に吹き消した。母と多希でぱちぱちと手を叩く。

懐かしい誕生日の儀式がくすぐったい。

「はい、じゃあこれプレゼント。大切に使うのよ」

母が双子に封筒を渡した。欲しいものをそれぞれ買うようにと、中には現金が入っているはずだ。多希が高校生の時もそうだった。

「「ありがとう」」

二人が声を揃《そろ》えた。

「ちゃんとお父さんにお礼を言ってね」

「「うん」」

同時に頷《うなず》く。今日の二人は、いつにも増して同じ言動をしていた。

「さ、ケーキを切りましょう」

母がナイフを持っていた。皿の用意は理がしてくれたので、多希は人数分のフォークを出す。

「ケーキにお茶は間違ってるかしら」

「紅茶かコーヒーがいいよ。淹《い》れようか」

覚が立ち上がる。

「いいわよ、ほら座って。みんなが入れるほどキッチンは広くないのよ」

母が言うのも尤《もっと》もなので、おとなしく三人でダイニングテーブルに座る。

「あ、そうだ。ちょっと待ってて」

多希も二人にプレゼントを用意してあった。渡すなら今だろう。

「父さんにメールしとこうか」

「そうだね」

双子が携帯を見ている間に、二階の自室へ行く。

二つの袋を持ってダイニングに戻ると、双子が携帯をテーブルに置いた。

「はい、これは僕から」

「え、いいの？」

「うん。こっちが理で、こっちが覚ね」

リボンの色で区別した袋をそれぞれに渡した。

「「ありがとう」」

まず先に覚が袋を開けた。

「うわっ、これ買ってくれたんだ！」

覚へのプレゼントは、最近発売されたゲームソフトだった。覚の好きなアクションゲームだ。買おうか迷っていると、理から聞いていた。

「あんまりやりすぎないようにね」

秋に推薦入試を控えている覚に釘を刺しておく。

「うん。欲しかったんだ、これ。ありがとう！　理のは？」

理も袋を開けた。こちらもゲームソフトが入っている。

「これ……」

「勉強の息抜きにして」

こっちはフライトシミュレーションゲームだった。理が欲しがっていると、覚から教えてもらった。

「ありがとう。これ、やってみたかったんだ」

理もまた、将来の夢を見据《みす》えて動き始めていた。両親にパイロットになりたいと告げ、志望校も決めた。大学入学後は、航空大学校を目指すらしい。

目標を定めた理は、夏休みもずっと机に向かっていた。

勉強は確かに大事だ。だけど、たまには力を抜いてもらいたくて、プレゼントにゲームソフトを選んだ。

「よかったわねぇ」

紅茶を運んできた母は、にこにこと笑って兄弟三人のやりとりを見ている。

「さ、食べましょう」

目の前に置かれた皿には、ケーキが二個、並んでいた。

「ここのケーキ、おいしいよね」

覚がチョコレートケーキを食べた。理は生クリームのケーキにフォークをつけている。好きなものを先に食べるか後に食べるか、二人の性格の違いがそこに見てとれた。

多希はまず紅茶を飲んだ。どっちのケーキから食べようと迷い、結局交互に一口ずつ食べることにした。

母がチョコレートケーキを食べ終え、フォークを置く。

「よく考えたら、ケーキ二個分よね。夜に食べすぎだわ」

母がじっと皿を見つめる。残った生クリームのケーキを食べるか迷っているらしい。

「別にいいじゃん」

覚が食べなよ、と母に勧めた。

「あなたたちはいいわよ、食べた分だけ消費されるんだから。この年になるとね、蓄積《ちくせき》されちゃうの」

「母さんがどこにそんなためこんでるって?」

「そうだよ。兄ちゃんと同じで細いのに」

双子に口々に言われて、母は苦笑した。

「今日くらい、いいんじゃないの？」

多希も同調する。母は昔から、殆ど体型が変わっていなかった。

「三人とも、お父さんと同じこと言うのね。残念ながら、見えないところにためこんでいるのよ。誘惑しないでちょうだい」

笑いながら立ち上がった母は、食品用のラップを手に戻ってきた。

「半分は明日のお楽しみにするわ」

ケーキ一個が載った皿が、ラップで覆われる。

「あ、父さんからメールきた」

覚が携帯を開いた。

「俺にも来たよ」

理も携帯を開く。二人は携帯を並べ、メールを見せ合った。

「あら、お父さんもマメじゃない。私のメールには返事もくれないのに」

母は拗《す》ねた声を出し、携帯のストラップを右手でつつく。それは父とお揃いのキャラクターだった。

「父さんは今度の連休、帰ってくるの？」

理が母に問いかける。

「たぶん帰ってくると思うけど。聞いておくわ。何かあった?」

「ううん、別に」

理はなんでもないことのように首を振る。覚がちらりとこちらに視線を向けた。

母は明日から二週間、父のいる名古屋《なごや》へ向かう。その間、この家には三人だけだ。

そこで何が行われるか想像し、胸が熱くなった。

父はいないけれど、家族団欒《だんらん》と呼んでもいいような光景の中、双子が共犯者の笑みを向けてくる。

後ろめたさの中に滲《にじ》む、秘密という名の甘い毒が、多希の頬《ほお》を紅潮させた。


翌朝、家を出ようとすると、玄関で見送ってくれた母が声をかけてきた。

「今日の夕方には向こうに行くけど、あとはよろしくね」

「うん、分かった。気をつけてね」

母にそう言って、笑顔で申し訳なさをやり過ごす。

「いってきます」

三人で家を出る。なんとなくいつも、先を行く双子を多希が追いかける形になった。

駅まで向かう途中、不意に覚が呟《つぶや》いた。

「もう十八歳か。これで免許取れるね」

「ああ、そうだね」

理がちらりと視線をこちらに向けた。

「兄ちゃんは大学に入ってから取ったんだっけ」

「うん、一年の時に」

早めに取っておくといいと父に言われて、多希は大学一年の夏休みに教習所に通って免許を取得していた。

「俺も早く取りたいな。推薦で受かったら、冬休みに行こうかな」

「僕の時も冬休みに自動車学校に通っていた人がいたよ。父さんに相談してみたら？」

多希がそう言うと、覚が力強く頷いた。

「そうする。理は？」

声をかけられた理が足を止めた。信号が赤になっていた。

「俺は受験が終わってからにするよ」

彼の答えも尤もだった。

「兄ちゃんは仕事で運転するの？」

覚が多希に話しかけてくる。

「今はしてないなぁ。札幌《さっぽろ》で営業にいた時は営業車に乗ってたけど、運転下手だから毎日どきどきだったよ」

「兄ちゃんってそんな感じ。いつまでも合流できなさそう」

覚がさらりと言った。正にその通りで、多希は合流どころか、車線変更も苦手だ。

「うん、首都高は乗れる自信がない」

信号が青になった。横断歩道を渡り、駅を目指す。

夏休みが終わり、学生が増えていた。改札口から既に混み合っている。ホームに辿《たど》りつくと、すぐにやってきた電車の中に押し込まれた。

双子は多希の前に立った。

電車は重たそうにゆっくりと動き出す。

「混んでるね」

数日前までは本を取り出す余裕があったのが嘘のようだ。

ドア近くから甲高い笑い声が聞こえた。女子高の制服が目に入る。

「学校が始まったからね」

そう言って微笑んだ理の手が、多希の上着のボタンを外す。

忍び込んできた指は、シャツの上から胸元をまさぐった。

「……駄目だよ」

花丸天国

Hanamaru

白泉社花丸文庫
そのほかの
花丸関係出版物の
インフォメーション

2011年11月

花降楼シリーズ、最新作!
恋《こい》煩《わずら》う夜《よく》降《た》ちの手《て》遊《すさ》び
鈴木あみ
★イラスト 樹要
売れっ妓の甘い誘い♥は、危険な恋の香り!?
〈花丸文庫〉好評発売中
●定価680円

※定価はすべて税込です。

花丸文庫 11月新刊 HB 大好評発売中！

毎月20日ごろ発売

大ヒット花降楼シリーズ、
待望の最新作！

恋《こい》煩《わずら》う夜《よぐ》降《た》ちの手《て》遊《すさ》び

鈴木あみ

イラスト★樹 要

若手政治家の諏訪に届いた、花降楼の藤野からの手紙。罠かもしれないと思いつつ店を訪ねた彼は、藤野が昔の顔馴染みと気づき…!? ●定価680円

大企業CEO×元ヤン介護士の
意外性抜群ラブ!!

ダブルブッキング
—同居は甘い恋の罠—

橘かおる

イラスト★陸裕千景子

切れ味鋭い介護士の博巳は、伝説の元ヤンキー。ある事情で引っ越した先はWブッキングで、しかもそのまま共同生活することに…!? ●定価610円

※お近くの書店にない場合は、書店店頭にてご注文ください。

小さな声で理を止めた。

「どうして？」

耳元に囁《ささや》かれる。

「兄ちゃん、こうやってされるの好きでしょ」

横から覚の手も伸びてきた。

「今日は、やだ……」

最後に二人に触れられてから、十日以上が過ぎている。飢えた体はきっと簡単に昂《たか》ぶり、歯止めが効かなくなるだろう。その状態で電車の中だと、周囲にばれてしまいそうで怖かった。

「……駄目だって……」

だが弱弱しく抵抗しても、無駄だった。

二人の手が胸元を這《は》い回る。シャツの上から乳首を押しつぶし、左右で競い合うように摘《つ》まんでは爪を立て、尖らせていく。

「はぁっ……」

こうして嬲《なぶ》られるのは久しぶりで、予想通りあっけなく昂ぶった。

零《こぼ》れた吐息は、女子高生の声にかき消される。

「っ……」

必死で声を殺しながら、二人の指が与えてくれる快楽を追った。

電車の中でこんなことをして、誰かに見られてしまうかもしれない。そんなことになれば、すべてが終わる。

そう分かっているのに、二人を止められない。

乳首は痛いほど立ち上がる。

覚の指が、スラックスの上から多希の欲望に触れた。二本の指で形を浮き上がらせるように擦《こす》られる。

「うっ……」

感じるあまり、甘い声が零れた。慌てて周囲の目を気にする。誰もこちらを見ていなくてよかった。

「どうしたの、気分悪い？」

「……平気……」

顔を覗《のぞ》きこんできた覚の唇とほくろが目に入る。

「兄ちゃん？」

理の唇に視線を移した。覚とは反対側にあるほくろを見つめる。

キスがしたい、と思った。二人の唇に触れて、吐息すら混ぜ合いたい。

だけど今は我慢《がまん》だ。

目を閉じて体の力を抜く。汗ばんだシャツが背中に張りついた。

アナウンスが聞こえる。もうすぐターミナル駅だ。

減速した車内でふらついた多希を、双子が抱きとめてくれた。

「もう着いちゃった」

二人の指が離れていく。引き止めたいのを堪えて、多希は静かに息を吐いた。

ホームに電車が到着する。

「じゃあね、兄ちゃん」

人波に押されて、二人が降りていく。多希は流れに必死で逆らい、反対側のドアに向かった。

一気に空いた車内でポールを握り、呼吸を整える。

再び電車が動きだした。

次の駅に着くまでの数分間、何も考えないようにして目を閉じていた。

会社近くの駅に着く。熱は概《おおむ》ね引いていた。二人に嬲られた胸元だけが疼《うず》くのをどうにかやり過ごし、ゆっくりと足を進める。

「……おはようございます」

会社に着き、自分の席に座る頃、多希には笑顔を浮かべる余裕があった。

昼休み、多希は隣に座る斉藤《さいとう》と席を立つ。同じ仕事を分担している彼とはすっかり仲良くなっていた。

フロアの出口で、隣の課と総務課にいる社員と合流する。いつも昼食を共にするメンバー四人だ。

会社近くのビルにある定食屋に入り、なんとなく定位置になっている隅のテーブルで注文を済ませる。

仕事の愚痴《ぐち》や日常のたわいもない話をしながら、料理を待った。

「……弟に誕生日プレゼント？」

「え、おかしい？」

多希が弟に誕生日プレゼントを渡した話をすると、三人に驚かれてしまう。

「俺は大人になってからそんなのあげてないですよ」

斉藤が言い、あとの二人も首を横に振る。

「うちの兄貴は俺のものを奪うことはあってもくれたことないです」

総務の彼が苦笑いした。

「ほら、うちはまだ高校生だから」

「でも仲良しですよ。戸川さん、よく弟の話をしてますもん」

斉藤の指摘に、一瞬黙った。

多希は会社で過ごす以外の時間をほぼ双子と過ごしているので、他に話題がなかった。だから、ブラコンだと思われるくらいでちょうどいいはずだ。

そう開き直って、多希は笑顔を浮かべた。

「そうかも。二人とも、すごく可愛くて。写真撮ったんだ。……これ、見て」

会話の流れで携帯を取り出し、二人とケーキが映った写真を見せた。

「うわ、そっくり」

三人とも息を飲んだ。

「似てるでしょ」

「話には聞いてたけど、想像以上でした。双子ってすごいなぁ」

斉藤がまじまじと双子の顔を見比べている。

「しかも二人とも格好いい」

「もてそうですよね」

二人の容姿を口々に褒《ほ》められると、自分のことよりも嬉しかった。

「うん。双子だと目立つみたいで、よく女の子から声をかけられてるよ。最近の子って積極的だよね」

「ええっ。女の子から声をかけてくるなんて、都市伝説と思ってたのに」

総務の彼の呟きに、みんなで苦笑しつつ頷きあう。

このメンバーはどこをどう見ても積極的ではない、草食系の集まりだった。職場フロアでもそう認識されているようだ。

「戸川さんとはあんまり似てないんですね」

斉藤が軽い口調で言った。

双子と多希には血の繋《つな》がりはない。だが、その事実を今この場でわざわざ口にする必要は感じなかった。

多希にとって、双子は本当の兄弟以上の存在だ。だがそんなことは、自分たちだけが分かっていれば、それでいい。

「まったく似てないよ。僕よりかなり背も高いし、二人とも賢いから。……たぶん、僕に似ていたら可愛がらなかったかも」

もし自分と似ていたら、きっと双子に惹《ひ》かれはしなかった。これだけは自信を持って言える。

「あ、そうかも。うちの弟が可愛くないのは、きっと俺に似てるからだ」

斉藤が腕組みして納得した。

「ところで、双子って、どっちが上とかあるんですか？」

興味を持ったらしい隣の課の彼が身を乗り出す。

「一応、戸籍では区別があるけど、本人たちにはそんな意識はまったくないみたい」

「へぇ。そういうもんなんですかね」

三人が首を傾げた。

「どうなんだろう。……うちが特殊なのかも」

他の双子を知らないから、と小さく続けた。多分、理と覚は普通とは違う。でもその感覚は、簡単に理解してもらえるとは思えなかった。

頼んでいた料理が運ばれてきたので、携帯をしまう。可愛い弟の自慢ができて、妙に晴れやかな気分だった。


定時に仕事を終えた多希は、いつもの普通電車に乗り込んだ。席に座り、目を閉じる。母のいない家に帰る。それが何を意味するか、多希はよく分かっていた。期待で胸がはやるのを押さえて、目を開けた。

携帯に母から名古屋に着いたというメールが入っている。理と覚をよろしくねという文字は、どうしたって罪悪感を呼ぶ。それでも安心して、父さんによろしくといつもの文章を書き、送信した。

持っていた文庫本を広げる。だけど一向にページは進まない。今夜は一体、どんなことが起こるのだろう……。

駅が近づくと、この時間で数ページしか進まなかった本を閉じた。ドアが開くと同時に降りる。

駅を出て自宅に近づくにつれ、心音が速くなっていく。気づけば早足になっていた。

玄関の鍵を開けて中に入る。スニーカーが二足、並んで置いてあった。

「ただいま」

「おかえり、兄ちゃん」

にこやかな覚が隣にあるリビングから顔を出した。テレビを見ているのか、賑《にぎ》やかな声が聞こえる。

「理は？」

「勉強してるよ」

いつものように、と覚が続ける。この時間、理は大抵机に向かっている。

「母さんがご飯作っておいてくれた。麻婆豆腐《マーボドウフ》が大量にあるよ。あれ、食べきれるかなぁ」

覚が指差した方向にはキッチンがある。コンロには大きめの鍋があった。

「残ったら冷蔵庫に入れて、明日食べればいいよ。すぐ食べる？」

鞄を置いて上着を脱ぐ。

「……その前に、ね」

覚の腕が、多希の肩を抱いた。その瞬間、ふわりと甘い香りがした。

「母さん、ケーキを食べていくの忘れちゃったんだって」

耳元に囁かれる声と正体不明のにおいが、多希をあっけなく発情させる。

「だから兄ちゃんにあげるよ。……食べようね」

耳朶《じだ》を噛《か》まれる。

「……はい」

体の中にあるスイッチが切り替わった。理性なんてものはあっさりどこかへ飛んでいき、快楽への期待に視界が潤《うる》み出す。

冷蔵庫からケーキを取り出す覚を、立ったまま見つめた。

「食べようか。……おいで」

ソファに座った覚に促され、彼の足元に手をついた。

差し出されたいちごに口をつける。

冷えたそれに歯を立てると、甘い果汁が飛び出した。

「んっ……」

覚が唇を重ねてきた。半分ほどいちごを奪われてしまう。

いちごを飲み込むと、ご褒美《ほうび》のように頭を撫でられた。

覚はソファに皿を置き、生クリームを指で掬《すく》った。その指を口元に突きつけられる。

「ほら」

何を求められているのかを察して、覚の指に唇を寄せた。

「……ん……ふ……」

甘いクリームと指を舐《な》めしゃぶる。

「おいしい？」

「んっ……おいしいっ……」

クリームがなくなっても、覚の指を口に含み、舌を絡めた。

「……ん、っ……」

覚の指はじっくりと多希の歯並びを確かめた。上顎を爪先で擦られて、産毛が逆立つ。覚が指を引く。追いかけると、再び入ってくる。喉奥を擦られて眉を寄せた。苦しいのに、いや苦しいからこそ、体が疼き出す。

指を抜き差しされ、目眩《めまい》を覚えた。唇をめくっては押し込む感覚がたまらない。

リビングのドアが開く音がして薄目を開ける。理が立っていた。

「兄ちゃん、もう帰ってたんだね」

歩み寄ってきた理の手には、ローションのボトルがあった。

「まだ服を着てたの？　脱ぎなよ」

見下ろす理の目に宿る冷たい光に導かれ、その場に立ち上がった。

震える手でネクタイを緩《ゆる》めた。ベルトを外し、下着ごとスラックスを脱ぎ捨てる。

既に昂ぶっていた欲望を露《あら》わにしてから、シャツの前を開いた。肩からシャツを落とすと、身につけているのは靴下だけになった。

理は覚の横に腰掛けた。二人の間にはケーキの皿がある。

「ケーキ、おいしかった？」

理の指がクリームを掬う。彼はそれを多希の乳首に押しつけた。

「あんっ……」

冷たい感触に、そこが粟立つ。

「どうなの？」

乳首に塗られた生クリームを理が舐め取る。強く吸われ、膝《ひざ》が笑った。

「おいしかった……」

「じゃあこれ、食べなよ」

皿がフローリングの床に置かれた。

「そのまま食べられるよね」

覚が笑顔で言った。

見つめる二人の視線が、多希の胸に潜む暗い欲望を暴《あば》く。

膝を折った多希は、床に手をついた。

ケーキにかじりつく。靴下だけの姿で犬のように四つに這って、手を使わずにケーキを食べる。初めての経験に、全身がかっと熱くなった。

顔中をべたべたにしながら、ケーキを懸命に食べた。

夢中で頬張る。こんなにおいしいケーキなんて、食べたことがなかった。

「おいしそうだね、兄ちゃん」

「皿も舐めなよ」

言われるまま体を伏せて、皿をぺろぺろと舐める。多希の頭を、二人が優しく撫でてくれた。

「兄ちゃんは可愛いなぁ」

鼻や顎についたクリームを二人に舐め取られる。

「……あれ、ケーキ食べただけなのにどうして大きくなってるの？」

覚が多希の下肢を見て首を傾げた。

「本当だ。こんなことで感じるんだね」

嘲《あざけ》るような理の台詞すら、愛撫に変わる。多希は二人の足元に体を寄せた。

双子は視線を絡ませ、同時に下肢の昂ぶりを取り出した。

既に大きくなっているそれに喉が鳴る。

「「舐めて」」

「はい……」

彼らの性器を両手に持つ。交互に頬張り、指で扱《しご》いた。

うっとりと目を閉じて奉仕する。

口の中でいっそう大きくなるそれに必死で舌を這わせ、先端から零れる蜜をすすった。

こみあげてくる愛しさが体を熱くする。これは自分のものだ。誰にも渡さない。

唇で扱く内に、体の奥が疼き出した。早くこれが欲しい。どうすればこれで、気持ち良くしてもらえるだろう。

「ね、も、……欲しい……」

二人を見上げる。

「何をして欲しいの？」

二人の声が響く。

「犯して、お願い……」

多希の答えに、二人は同時に笑った。

「そう、犯して欲しいんだ」

「どうする、理」

「どうしようか？」

くすくすと笑いながら、双子は多希の目の前で唇を重ねた。

二人だけでずるい。羨望を胸に二人を見つめていると、彼らが唇を離した。

「おいで、兄ちゃん」

二人に呼ばれるまま、伸び上がってソファに手をつく。唇が重ねられた。薄く開いた唇に、舌が差し入れられる。

「んんっ……」

目を閉じて、三人でのキスに酔った。舌を絡め、唾液を混ぜ合う。

濃厚なキスに頭がくらくらと揺れた。

「っ……ふぁ……」

離れていく唇の下にあるほくろを見つめる。艶《なま》めかしいそれから目を離せない。

二人は立ち上がって、多希を床に押し倒した。

大きく足を開かされる。明るいリビングの真ん中ですべてを晒《さら》す羞恥《しゅうち》が、肌を赤く染めた。

「久しぶりだから、ゆっくりしてあげないとね」

ローションを手にした覚は、じれったいくらいの手つきで後孔を押し開いた。

「あっ、入ってくる……」

濡れた指がゆっくりと抜き差しされる。粘膜が潤される独特の感覚に、痺《しび》れが走った。

「あっ……！」

弱みを指で擦られ、体が跳《は》ねる。性器の先端から先走りが溢れ出た。

「兄ちゃんはここを弄《いじ》られるの、大好きだよね」

「ん、好き……」

窄まりを指でかき混ぜられると、それだけで達しそうなくらい気持ち良かった。

ここでの快楽を知ったら、性器だけでの射精では物足りない。

「もっと奥も？」

「んっ……もっと……、して……」

指が増やされる。そこは喜ぶように収縮し、覚の指に吸いついた。

「しばらく遊んであげられなかったから、きついなぁ」

覚が呟きながら、指を増やした。

「あんっ」

弱みを擦られて、欲望がぴくんと震えた。

「あとでこっちも剃《そ》ってあげないと」

理が生えかけの体毛を撫でた。

「んっ……剃って、ぜんぶ……」

それはもはや、多希には不要なものだった。

「あっ、今すごい、ひくついた……」

覚が笑い、体内を二本の指で強めにかき回す。

気持ちいいけれど、求めていた快楽はこれじゃない。もっと強烈で、激しく熱いものが欲しい。

はやる気持ちに背中を押され、自ら足を持ち上げた。

「ね、ここ、もっと濡らして……」

ひくつく粘膜を見せるように、後孔を二本の指で広げた。

「ここ、濡らして欲しいの？」

覚が優しく声をかけてくる。

「ん、もっと……ぐちょぐちょに、して……」

「しょうがないな」

二人の指がそこを広げ、中にローションが注ぎ込まれた。冷たい感覚が広がる。その異様さに全身の毛穴から汗が滲んだ。

「も、来て……」

濡れた粘膜をめちゃくちゃに擦って欲しくて腰を振る。

「お願い、ちょうだい……」

浅ましくねだると、覚が伸《の》し掛《か》かってきた。多希の足を抱え、昂ぶりを後孔に押し当てる。

「あっ、入って、くるっ……」

蕩《とろ》けた粘膜を擦るようにして、屹立が奥まで埋められる。喜ぶように吸いつく反応を恥じる余裕はなかった。

「やばっ、兄ちゃんの中、よすぎ……」

呻《うめ》いた覚が、ゆっくりと腰を使い出す。

「俺の、舐めて」

理の欲望が唇に押し当てられた。先端に滲んだ蜜を、唇に塗りこむように動かれる。

「んんっ……」

口を大きく開いて、昂ぶりを招き入れる。唇で扱き、喉の奥で締めつけた。膨《ふく》れた筋は舌で辿る。

「いつの間にこんなに上手になったの？」

理が息を弾ませてる。感じてくれているのが嬉しくて、強く吸った。

「あっ……そこ、駄目っ……」

覚がいつもより乱暴に突き上げてくる。彼のリズムに合わせて体が揺れる。気持ち良さに、体が溶け出しそうだった。

「すげぇ、何これ」

覚がうっとりとした声を上げる。

「俺も、気持ちいい……」

理が呻いた。

二人の快感が繋がる。シンクロするのを感じて、多希は恍惚を覚えた。

自分の体を通じて、二人が快楽を得ている。それが多希には、何よりの悦びだった。

「っ、もぅ……」

興奮のあまり噛んでしまいそうで、理の昂ぶりを口から逃した。

「気持ちいい？」

覚は多希の感じる場所を激しく穿《うが》つ。

「ん、……いい、……中、熱いっ……」

理の欲望を右手で扱きながら、体をくねらせる。

「すごい、それ、もっと……！」

与えられる快楽を貪《むさぼ》った。理の先端から零れた蜜が、多希の顔を汚す。

「っ……出す、よ……」

「んっ……奥に、ちょうだいっ……」

腰をくねらせてねだる。

「いっぱい出してあげなよ」

理がそう言って、多希の乳首に欲望を擦りつけた。

「くっ……」

覚が呻き、体の奥が濡らされる。そのえもいわれぬ快楽に、多希の欲望もまた熱を放っていた。

「あっ、いく！……やっ、とまら、ないっ……」

長い射精だった。余韻に体がびくびく跳ねる。

「……ごめん……」

欲望に触れられてもいないのに、勝手に達してしまった。

「久しぶりだから、感じてるんだね。……今日も思いっきり、気持ち良くなればいいよ」

体を引いた覚が笑いかけてくる。小さく頷いた多希は、しどけなく開いたままだった足を更に広げた。

「理も……きて……」

まだ閉じきらない後孔から、覚の放った精液が零れ出る。

「お願い……理のも、ここでしゃぶらせて」

淫らに誘った。久しぶりにこうして快楽に溺《おぼ》れているのだから、みんなで気持ち良くなりたい。

理が覆いかぶさってきた。

「本当に兄ちゃんは淫乱だな」

耳元に囁かれて微笑む。淫乱と蔑《さげす》まれることも、今の多希には快楽のひとつだった。

三人で貪欲に求め合い、声が枯れるまで喘《あえ》いだ。

飢えを満たした体をフローリングの床に横たえる。すぐそばに、さっき舐めたケーキ皿があった。

「兄ちゃん」

呼びかけられて顔を上げる。双子が多希を見下ろしていた。

「明日はお散歩に行こうか」

「そうだね、公園で遊ぼう」

見下ろす二人の瞳に宿る、残酷な色に陶然とする。

きっと明日、自分は首輪をつけて公園に行き、二人に痴態を晒すだろう。

期待を胸に、多希は目を閉じた。二人の求めることをすべて受け入れると決めてから、もう怖いものは何もなかった。

2　覚

ベッドに寝転がってゲームをしていた覚《さとる》は、データをセーブしたタイミングで大きく伸びをした。

時計を見る。もうすぐ一時。寝る時間だ。

「まだやってるの」

ずっと机に向かっている理《おさむ》に声をかける。三十分前に見た時も、彼は全く同じ姿勢だった。

「うん、もう少しだけ」

自分と同じ横顔がそう答える。その表情は、どこか険しい。

「そろそろ寝ようよ」

「ここまでやったらね」

理がテキストを持ち上げた。あと数ページやるまでは、眠らないつもりらしい。

再び意識を勉強に向けた理を見て、心の中でため息をつく。

この状態になった理は、覚の言うことなど全く聞きはしない。

どうしてあんなに勉強が好きなんだろう。理のその部分だけは、覚にも理解できなかった。

きっと生まれる前、二人に分かれる時に、頭脳や根気といったものが理に多く配分されたに違いない。自分の分まで理の元へ行ってしまったと思えば納得もできる。

もっと気楽にすればいいと思うけれど、彼がそうできないのも分かっていた。理は自分で設定した目標をクリアするまで、決して手を休めない性格だ。何事もすぐに妥協してしまう覚とは全く違う。

そんなに自分を追いつめたって、辛いだけなのに。

その点において、多希《たき》と理は似ている。適当に生きていれば窮屈じゃないのに、二人とも真面目すぎるから生きづらくなるのだ。

静かだった。理がペンを動かす音だけが聞こえる。

父親の元に行っていた母は昨日帰ってきて、もう眠っているだろう。

多希はまだ帰ってきていない。終電を考えると、そろそろ帰ってきてもおかしくない時間だ。

もう少しゲームをしようかな、と考えたその時、玄関のドアが開く音がした。

覚はゲームを置いて起き上がった。黙って部屋を出て、階段を下りていく。

玄関で多希が靴を脱いでいた。

「おかえりなさい」

「ただいま。起きてたんだ」

「うん」

帰ってきた兄は、少し疲れた顔をしていた。朝早くからこんな時間まで働くなんて大変だ。

「忙しそうだね」

「そういう時期だから」

多希がネクタイを緩《ゆる》めながら答える。

疲れている姿が、普段以上に悩ましいのはどうしてだろう。母がいなければ、この場に押し倒してしまうのに。

「あのさ、兄ちゃん。ひとつお願いがあるんだ」

リビングに行こうとした多希に声をかける。

「何？」

「理がまたこもってるから、寝る前に顔を出してくれる？」

机に向かって集中モードに入っている理を、覚は止められない。だけど多希ならそれができる。理に早く寝るようにも言ってくれるだろう。

理は多希の言うことをよく聞く。子供の頃からずっとそうだ。父や母よりも、多希が優しく声をかけると理は逆らわない。

「分かった」

すべてを察したのだろう、多希が優しく微笑んだ。

「ご飯は食べたんだよね？　お風呂入るなら準備するよ」

「先に理のところに行くから、いいよ」

「ありがとう。ごめんね、疲れてるのに」

そのまま多希が階段に向かう。その手首を咄嗟《とっさ》に摑《つか》んだ。

子供の頃はとても大きく見えたその体が、こんなに細くて華奢《きゃしゃ》なのが不思議でたまらない。

「……覚？」

無言で多希を引き寄せた。

初めて会った時から、覚はとにかく多希が好きだ。可愛くて優しい兄は、最初から特別だった。

多希が理と覚を分《わ》け隔《へだ》てなく受け入れてくれたおかげで、今の自分たちがいる。

これまで多希以上に誰かを好きになったことなんてないし、これからも絶対にないと言い切れた。

「母さんが……」

小さな声が咎《とが》める。だけど突き離したりはしない。ただ震えているだけ。

多希はいつだってそうだ。本当は苛《いじ》めて欲しいのに、言い出せずに誰かが苛めてくれるのを待っている。頑《かたく》なそうに見えるのに、触れられるとすぐ蕩《とろ》けてしまう。その淫らさすら愛しかった。

「大丈夫、もう寝てるよ」

懐くように多希の肩に顔を埋めた。

この体を抱きしめる度《たび》に、体の奥が熱くなる。こんなに誰かを欲しいと思ったのは初めてだ。

大好きな兄と体を繋げて、世界が変わった。理と二人でしか感じられないと思っていた領域に、多希が入ってきてくれた。

大好きな兄の淫らな姿を撮影するのは楽しかった。だけどそれが多希を傷つけていると知って、今はやめた。カメラを構えてもシャッターを押す手が震えてしまう。

本当はすべて、自分の手で記録したい。だけど多希に嫌われるのは嫌だから我慢している。

「兄ちゃん、理をお願い」

「……うん。大丈夫だから」

そっと腕が解かれる。静かに微笑んだ多希が、階段を上がっていく。

多希を通じて、新しい理の一面も発見した。

もう一人の自分として認識していた彼の中に眠る、どうしようもない衝動。多希を独占したがる理の姿を知り、覚は無邪気に喜んだ。

自分よりなんでもできる彼もまた、理性で抑えきれない激しさを持っているのだと。

二人だけだと気づかなかった部分がフォーカスされて、理という存在がいっそう愛しくなる。

彼は自分であって、自分じゃない。

一人ではなく、二人に分かれて生まれてきたことに、何か理由はあるはずだ。

でもまだ自分たちはその理由を見つけられていなかった。もしかすると、ずっと見つけられないのかもしれない。

それでももう、怖くはなかった。二人で閉じるしかないと覚悟していた世界を、多希が開けてくれたから。

二階からノックの音が聞こえ、覚は目を閉じた。

他人からみれば、歪んだ関係かもしれない。でもこれこそ、自分が、いや自分たちが求めていたものだ。

この先、物理的な距離が離れてしまうこともあるだろう。それでも、心が繋がっていればそれでいい。

一段飛ばしで階段を上がる。ドアを開けると、理が多希を抱きしめていた。

理の表情から険しさが消えているのを見て、ほっと胸を撫で下ろす。

「俺も仲間に入れて」

明るい声を上げて、二人に駆け寄った。

「……おいで」

優しく微笑む多希に、理と二人で口づける。多希の舌を吸い、理の唇に自分のそれを重ねる。

何もかも受け入れてくれる多希は、優しく、そして強い。

大好きな兄と、自分であったはずの理。三人での未来は、間違いなく明るかった。

陶酔を誘う双つの手

混雑する快速を降り、戸川多希《とがわたき》はほっと息をついた。ホームに吹く風が涼しく感じる。改札を抜け、自宅へと向かう多希の足取りは弾んでいた。今日はとにかく、早く帰りたい。急く気持《せ》ちのまま歩き、自宅までいつもの半分の時間で帰りつく。

「ただいま！」

玄関を開けたらまず靴を確認する。双子は帰ってきているようだ。母は今日から、父の元へ行っていた。

「おかえり」

リビングでテレビを見ながらゲームをしていた覚《さとる》が顔を上げる。

「合格おめでとう」

「へへ、ありがと」

今日は覚の推薦入試の合格発表だった。昼過ぎに合格したというメールを貰《もら》って、すぐにおめでとうとメールを返した。それでもやっぱり、本人に直接言いたかった。

芸術学部写真学科というところが何を勉強するのか、多希にはよく分からない。ただ彼が、夢を叶《かな》えるべく進んでいるのが嬉しかった。

「兄ちゃん、おかえり。早かったね」

二階から理《おさむ》が下りてくる。

「ただいま。覚におめでとうと言いたくて、急いで帰ってきた」

帰宅時には避けている快速に飛び乗ったのもそのためだ。

「ありがとう、兄ちゃん。次は理の番だね」

覚が無邪気に笑う。

「そうだな。うまくいくように祈っててくれ」

成績優秀な理は、パイロットを目指すことを前提に志望校を決めた。今は受験勉強に励《はげ》む毎日だ。予備校から授業料免除という好待遇を受けるほど賢《かしこ》い彼のことだから、きっと合格するだろう。

「ところで兄ちゃん、来週は休みとれた？」

覚が白い封筒を取り出した。

「ああ、うん。休めるようになったよ」

今日の夕方、上司から有給休暇の取得許可が下りた。来週の月火は連休だ。その代わり、土曜日の午前中は出勤する必要があるけれど別に苦ではない。

「じゃあ三人で行けるね。これで安心だよ。あとで旅館に連絡しとく」

覚は嬉しそうだ。彼は先日、いつも投稿しているカメラ雑誌で優秀賞を受賞した。その賞品として送られてきたのが、伊豆《いず》にある老舗《しにせ》旅館のペア宿泊券。

覚は両親に渡したのだが、都合がつかないからあなたたちで行きなさいと母に言われたそうだ。双子の通う高校はちょうど来週の月火と文化祭の代休で連休になるため、そこで行くことにしたものの、今度は双子が、多希も一緒にと言いだした。

一人分の追加料金を払うという話になったが、問題は多希が有給をとれるかだった。それをクリアできてよかった。

三人での旅行。どんなことが起こるのか、多希はあえて考えないようにしている。

「さ、ご飯食べに行こうか」

「「うん」」

双子が元気よく立ち上がる。今日は覚の合格祝いに、外食をすることになっていた。何を食べるのか、覚に決めてもらおう。


「「兄ちゃん、行こうよ」」

双子の声が玄関から聞こえてきた。

「うん。……えっと、窓の戸締りはしたし、ガスも止めた。これで大丈夫だよね？」

念のため最終確認をする。今日から伊豆の温泉旅館へ一泊旅行だ。

「「大丈夫」」

「じゃあ行こう」

鞄《かばん》を手に家を出る。秋らしい、湿度の低い風が吹いた。

「……覚、鍵をお願い」

施錠は覚の仕事だ。

「うん」

覚が玄関のドアに鍵をかけた。

三人で駅に向かうのは毎朝と変わらない。だけど時刻も服装も持ち物も違うから、新鮮な気分だ。通勤時間帯ではないせいか、歩いている人たちもどこかゆったりしている。

駅周辺の商店街が近くなると、人通りが増えてきた。普段はシャッターが下りている店も営業している。

「いつもより二時間も遅いから」

「店が全部開いてて賑《にぎ》やかだね」

理と覚が活気のある商店街を見回す。同じ場所なのに、時間によって風景はこんなに変わるなんて不思議だ。

駅のロータリー手前の信号で足を止めた。

「天気が良くて」

「よかったね」

「向こうも」

「晴れているといいけど」

二人が交互に話す。端から見れば違和感を覚えるようなこの喋《しゃべ》り方が、彼らにとってはごく自然だ。特に気分がいい時にこうなるらしい。

「青だ」

「行くよ、兄ちゃん」

「うん」

二人に続いて歩き出す。

「あー、機材が重い」

覚がぼやきながらカメラバッグを抱え直す。

「俺の荷物も重いよ。何が入ってるんだ、これ？」

理がバッグを軽く持ち上げた。覚が撮影機材を持っているため、彼の荷物は理のバッグに入っている。

「着替えだけだよ」

「それにしても重いぞ」

「覚のと二人分だからね。僕が持とうか？」

たぶん最も荷物が軽いのは自分だ。多希はそう思って申し出たが、

「「いいよ」」

二人に声を揃《そろ》えて断られた。

「……そう」

義理とは言え、兄なのだ。頼りがいが全くないのは自覚しているけれど、少しくらい二人の役に立つことをしてみたい。

だけど自分に何ができるのだろう。考えている内に、二人はやや先を歩いていた。

「ほら、兄ちゃん」

「追いてっちゃうよ」

「あ、待って」

振り返った二人を慌《あわ》てて追いかける。これではどちらが兄か分からないと肩を落としつつ、駅に向かう。

改札もホームも空いていて、朝とは大違いだ。すぐに乗る予定だった急行の一本前の電車がやって来た。

三人で乗り込み、ロングシートへ並んで腰かける。多希の右側に理、左に覚が座った。

「これくらい空いてたら、毎朝楽なのにね」

車内は立っている人がまばらにいる程度だ。身動きがとれない朝と同じ路線とは思えない。

「でもそれだと」

「兄ちゃんは困るかもね」

二人に含み笑いをされて、身を縮める。

「そんなことないよ……」

毎朝の混雑とは別物のような車内を見回し、息を吐いた。

静かに目を閉じると、この電車でいつも彼らにされていることが頭に浮かんでしまう。

車両の連結部近く、乗客から死角の部分が双子のお気に入りだ。自分より背の高い双子に挟まれるように立つと、それだけで期待するかのように多希の体温が上がる。

理の手が胸元に忍び込んできて、慣れた仕草で乳首を探り当てたらもう駄目だ。シャツ越しにくすぐられただけで震えてしまう。

駄目だと拒むけれど、その声は我ながら弱々しい。一気に硬くなっていく乳首の感触に意識が集中する。

『どうして？』

『兄ちゃん、こうされるの好きでしょ？』

双子の囁《ささや》きが頭の中に響く。

スーツのボタンを外すのは覚だ。前をはだけさせられ、双子に乳首を執拗《しつよう》に嬲《なぶ》られている内に、体の奥が疼《うず》きだしてしまう。電車内だからと声を堪えていると、腰が揺れて……。

「兄ちゃん、顔が赤いよ」

「大丈夫？」

意地の悪い問いかけが現実へと引き戻す。多希が何を想像しているのか、二人はなんとなく分かったみたいだ。

「あ、うん」

顔を赤らめて首を横に振った。

電車の中で、何を考えていたんだろう。淫《みだ》らな回想に耽《ふけ》った自分を恥じる。

電車が途中の駅に止まった。窓の外を眺《なが》めていた覚が身を乗り出す。

「あれ、そこにあったコンビニ」

「なくなってるね」

理が静かに言った。

「えー、嘘。あの店、好きだったのに」

「そういや、塾の後に覚はいつも肉まん食べてたな」

二人の会話にあれ、と首を傾《かし》げた。

塾、というのはいつの話だろう。覚が通っていたという話を聞いた記憶がなかった。

「覚も塾に通ってたの？」

「中三の時ね。理と同じ高校へ入るのに、猛勉強したから」

覚が胸を張った。

「合格するまでどきどきしたよ」

理は少し呆《あき》れたように言う。

二人が通うのは、地域ではそれなりの進学校だ。そもそも勉強が嫌いで、サッカーに明け暮れていたらしい覚が合格するのは大変だっただろうと想像がつく。

二人が中学生だった時、多希は配属先の札幌《さっぽろ》にいた。同性に惹《ひ》かれるという性的嗜好《せいてきしこう》を認められず、仕事もうまくいかず、双子や両親と距離を作っていた頃だ。

今になってみると、双子が成長していく姿を見られなかったのが残念でたまらない。少年から大人になろうとする過程を見ておきたかった。

電車が再び動き出す。朝よりも心なしか軽やかだ。

窓の外を眺める。いつ見ても工事中だった大きなマンションはやっと完成し、人が住み始めていた。

「そういえば」

「こうやって三人だけで遠出するの」

「初めてだね」

交互に話しかけられる。

「そう……だね。家族みんなで出かけたのも、随分前じゃないかな」

双子がまだ子供だった時は、家族五人でよく出かけた。けれど大きくなってからは、予定が合わせにくくなってどこにも行ってない。

「俺が合格したら、家族でどこか行きたいね」

「そうだね」

両親と旅行というのもいいかもしれない。たぶん、理が合格してからになるだろうけど。

「……あ、そういえば、父さんの知り合いのお店もこの辺だっけ」

多希が話しかけたのは、左側にいる覚だ。

「うん。大学に合格したらバイトしに来いって言われてるんだよね」

覚は視線を足元のカメラバッグに向けた。

写真はそもそも父の趣味だった。その仲間の一人が飲食店を経営していて、覚はその内の一件によく遊びに行っていると聞く。

たまに店を手伝ったりもしているらしい。明るく屈託《くったく》がない覚は、接客も楽しいと話していた。

「いいんじゃない？」

「うーん、とりあえず、父さんにも相談してみる」

覚の答えにそうだねと頷《うなず》いてから、多希は携帯を取り出した。父と母に出発したとメールを打つ。どうしても頭に浮かぶ後ろめたさは、ため息ひとつでやり過ごした。

ターミナル駅で電車を降りる。ここで乗り換えだ。階段を上がると人が多くて、二人を見失いそうになる。慌てて追いかけようとすると、歩調を緩《ゆる》めた理が手をとって引っ張ってくれた。

「腹減った。ここでなんか食べてから行こう」

ファストフード店の前で覚が足を止めた。

「そうだね。ファストフードだけど、兄ちゃん、いい？」

理も同調する。朝食が軽めだったから、多希も空腹だった。時間的にも、昼食にはちょうどいい。

「うん。じゃあ、食べて行こうか」

三人で店内に入り、カウンターの列に並ぶ。混雑している店内を一瞥《いちべつ》した理が、覚へ荷物を渡した。

「覚」

「いいよ」

覚は理の荷物を持って席に着く。理は多希の横でメニューを見上げた。

「……覚は何にするのかな」

今の会話だけでは分からなくて首を傾げる。

「覚は今日はチキンだと思う。俺が注文するよ」

理が迷いもなく言い切った。

「そうなんだ……」

なんで分かるのか、という質問は意味がないから口にしない。彼ら二人にしか分からない感覚なのだ。

「いらっしゃいませ。ご注文はお決まりですか？」

「これと、こっちのLサイズセットを、コーラとアイスコーヒーで。兄ちゃんはどうする？」

てきぱきと注文した理に聞かれ、メニューを指差した。

「僕はこのセットで」

「かしこまりました。少々お待ちくださいませ」

店員が飲み物やポテトをトレーに用意していく。

「……理、さっきはありがとう」

「えっ？」

「駅で人混みにはぐれないよう、手を握ってくれて」

「あ、うん……」

理が曖昧《あいまい》に微笑《ほほえ》む。六つも年下の弟に手を取られる自分が情けなくて、多希も同じように笑うしかなかった。

「お待たせいたしました」

二つのトレーに三人分のセットが置かれる。会計を済ませている間に、トレーひとつと多希の荷物を理が持ってくれた。

「えっと、覚は……？」

店内を見回す。覚は隅の四人席で手を振っていた。

「こっちだよ」

理と二人で席まで移動し、トレーを置いて腰かける。

覚は何も言わずに、コーラとチキンのハンバーガーを取った。理もそれが当然という顔をしている。

言葉に出さなくても通じ合える双子が羨《うらや》ましくなるのは、こんな時だ。二人を結ぶ不思議な力が、自分にも伝わってくればいいのに。

「「いただきます」」

同時にハンバーガーにかぶりつく二人に目を細めつつ、多希も手を合わせる。

「いただきます」

おいしそうにハンバーガーを食べる双子の姿は、多希にはとても可愛らしく見えた。

「「ありがとうございました」」

バスを降りる時、運転手に双子は頭を下げた。多希もぺこりと会釈して続いた。

ドアが閉まり、誰も乗っていないバスが走り去っていく。

覚が持っていた地図を広げたので、理と多希も覗《のぞ》き込む。

「バスを降りたら徒歩二分だって」

周囲を見回し、進む方向を決める。車も人もいない、緩やかな坂を三人で歩いていく。

「電車に一時間乗って、さらに山道をバスで四十分か」

地図の説明を覚が読み上げた。理が肩を竦《すく》める。

「誰でも知ってる有名温泉なのに、ずいぶん山の上にあるな」

「兄ちゃん、疲れてない？」

先を歩いていた覚が振り返った。

「大丈夫だよ」

そんなに心配しなくてもと微笑む。二人は時に多希に対して過保護だ。

「レトロな雰囲気の街だ」

立ち止まった理が周囲を見回す。

「案内と外灯がお揃いのデザインになってる」

覚が上を指差した。確かにすべての街灯や案内表示が揃っている。少し古めかしいデザインが、独特の統一感を出していた。

「あ、あの看板、なんて書いてある？」

木の横に置かれた看板に気がついて声を上げる。双子は同時にそこへ目を向けた。

「松波屋《まつなみや》、って書いてある。あれだね」

予約した旅館の名前だ。三人揃って、表示に従い歩いていく。

「どっしりした、立派な旅館だなぁ」

覚が言う通りだ。正面玄関は重厚な造りで、いわゆる老舗旅館といった印象を与えている。木の看板に松波屋と書かれていた。

「でも、随分早く着いちゃったね」

時計を見る。到着予定よりも一時間ほど早い。乗り継ぎのタイミングがよすぎだ。

「どっかで時間潰す？」

「近くには、そんな場所もなさそうだけど」

覚と理がそう言って顔を見合わせた。

「どうしようか」

多希がそう言った時だった。

「失礼します。ご予約のお客様でしょうか」

背後からいきなり声をかけられ、三人で飛び上がった。

「「はっ」」

双子が同時に短い声を上げる。

和服姿の男性が、後ろに立っていた。年は自分と同じぐらいだろうか。凛《りん》とした空気をまとった、綺麗《きれい》な人だ。猫のような丸くて黒い目に一瞬見惚《みと》れてしまう。

「はい、あの、戸川と言います」

一応は年長者である多希が答える。

「戸川様ですね。ようこそいらっしゃいました」

男性が深々と頭を下げた。

「すみません、チェックインの予定時刻は一時間も先なのに、もう着いてしまいまして」

「どうぞお気になさらず。お部屋はご用意できておりますので、どうぞ」

三人で顔を見合わせる。申し訳ない気もするが、他に行くところもなさそうだ。多希が頷くと、双子も首を縦に振る。

「「失礼します」」

双子が声を揃える。男性はそれに驚きもせず、どうぞと案内してくれた。

玄関付近の説明後、案内された部屋は窓から山が見える広い和室だった。

「……どうぞお入りください」

「うわあ、三人じゃもったいないぐらい広いなあ」

機材を置いた覚が窓に駆け寄る。

「奥に露天風呂もございますが、大浴場もぜひご利用ください」

「いいなぁ。あとでみんなで入ろう」

「そうだね」

理と覚が顔をこちらに向けた。

「「ね、兄ちゃん」」

「そうしようか……」

自然と答えたかったのに、声が震えてしまう。

大浴場に入りたくない。それにはちゃんと理由がある。

双子は、何故《なぜ》か多希の下半身の体毛を処理するのが好きだ。そのせいで多希はこの数ヶ月間、子供のように無防備な状態を保っている。

そっと視線を外す。昨夜もバスルームで綺麗《きれい》にされてしまったばかりだ。簡単にその光景が頭の中で再生されてしまう。

服を着たままの二人の前で全裸になり、タイルに座る。足の間に覚が膝《ひざ》をついた時、多希の目はもう潤《うる》んでいた。

『――ここ、伸びてるね。明日から旅行だし、綺麗にしてあげようか』

多希の下腹部に顔を近づけた覚が言う。

『どうして欲しいか言って、兄ちゃん』

理に促され、熱に浮かされたように口を開く。

『これ……僕には……いらないものなので、全部……、剃《そ》って、ください……』

なんてことをねだるのかと理性が責めても無駄だった。快楽を欲しがる体が、二人のものにしてくれと暴走する。

『だってさ、理』

『じゃあ、ちゃんと綺麗にしてあげなきゃ』

『そうしよう』

覚の左手に剃刀《かみそり》が握られる。金属が肌の上を滑る感触に、唇がだらしなく開いてしまう。

『あ……』

思い出しただけで、体が内側から熱く昂《たか》ぶってきた。

こんなむき出しの状態で、人目につく大浴場に入れるわけがない。分かっていて、双子はわざと多希を誘っている。

旅館の男性が不審に思わないよう、曖昧《あいまい》に話を合わせなくては。

そんなことをぐるぐる考えている間に、男性が手際よく三人分のお茶を淹《い》れてくれた。

「どうぞ」

ご一緒に、と茶菓子も勧められる。

「ありがとうございます。いただきます」

座卓を囲むように腰を下ろし、お茶を頂く。

「最中だ。おいしそう」

覚が早速、最中に手を伸ばした。

「申し遅れましたが、私、松波聖《ひじり》と申します。何かご用がありましたら、遠慮なくおっしゃってください」

男性は丁寧に頭を下げた。

「松波というと、もしかしてこの旅館の……？」

「はい、僭越《せんえつ》ながら若旦那と呼ばれております。それでは、ごゆっくりどうぞ」

男性――若旦那は、頭を下げて部屋を出ていこうとする。それを覚が呼びとめた。

「あの、この辺でどこか写真を撮るのによさそうな場所はありますか」

「写真ですか？　裏手に回っていただきますと、見晴らしのいい空き地があります。空も山も綺麗です」

とても優しい言い方だった。その場所を彼も気に入っているのだと伝わってくる。

「分かりました。ありがとうございます、早速行ってきます」

「では、ごゆっくりどうぞ」

若旦那は優雅に挨拶をして、部屋を出ていった。

「お茶がおいしい」

「この最中もおいしい」

湯のみ茶碗《ちゃわん》を手にした理の横で、覚が最中を食べ終えた。

「もう食べたのか」

「うん」

覚の様子だとまだ食べられそうだ。多希は自分の分を覚に渡した。

「僕の分も食べていいよ」

「ありがとう」

「じゃあ兄ちゃんは俺と半分にしよう」

理がそう言って、最中を手にした。

「えっ……ああ、僕はいいよ」

「ここの名菓って書いてあるから、一口だけでも食べたら？」

理は丁寧に包装紙をむき、半分に割った最中を多希の口元に突きつける。はい、と差し出されて最中をかじった。

「ありがとう」

理の手から最中を食べる。つぶあんの程よい甘さと、香ばしい皮が美味しかった。

「母さんが好きそうな最中だね」

つぶあんが好きな母を思い出す。

「お土産にいいかも」

覚が二個目の最中を食べ終えた。

「ここで売ってるのかな」

「どうだろうね」

理は食べ終えた最中の包装紙を脇に退け、部屋を見回した。

「……しかし、すごくいい部屋だなぁ」

和室は二室あった。床の間には掛け軸と花が飾られている。窓際にはテーブルと椅子のセット。その横には、檜《ひのき》の露天風呂が見えた。各部屋に温泉が引いてあると案内に書いてあったことを今頃思いだす。

「部屋にも露天風呂があるっていいよね。好きな時に入れてさ」

「うん、創業百年を超えるとは聞いていたけど、こんなにいい旅館だなんて思わなかったなぁ。なんだか緊張する」

背筋が伸びてしまうのは、この旅館全体に漂う上品な雰囲気のせいかもしれない。

「夕食まで時間あるから、撮影に行ってもいい?」

覚はお茶を飲み干して立ち上がった。

「いいよ。理はどうする?」

「俺はパス。ここにいるよ」

理が肩を竦めた。

「まさか勉強しようって思ってんの？　兄ちゃん、聞いて。理ってば、荷物に参考書を入れようとしてたんだよ」

口を尖《とが》らせて報告する覚に、理が苦笑する。

「覚がそう言うから、ちゃんと置いてきた」

「せっかく来たんだから、たまにはのんびりしよう」

ね、と理に微笑みかける。受験生なのは分かっているけれど、彼は頑張《がんば》りすぎだと思う。少し息抜きも必要だ。

「今日はゆっくり休むよ。ただ、ちょっと寝ておきたいだけ」

理はそう言って欠伸《あくび》をした。

「確かに眠そうな目をしてる。昨夜も遅かったからね。少し寝た方がいいよ」

「うん、そうする。兄ちゃんはどうするの？」

理に聞かれて、さて、と多希は目を泳がせた。

全く考えていなかった。ここにいてもいいけど、休憩の邪魔はしたくない。

「僕は覚と一緒に散歩してみようかな。いい？」

「もちろん。……用意するから、ちょっと待って」

覚がカメラを出す。その横で、理もバッグから黒のTシャツを取り出した。

「あれ、そのTシャツ、どっちのだっけ？」

「俺のだよ。覚のは青」

理は鞄の奥から何かを取り出して覚に渡し、Tシャツを中へ戻した。

「理が黒で、覚のが青だったっけ？　うーん、どうも覚えられないなぁ」

多希は頭をかいた。洗濯をする時にも聞いたのに、何故か頭に入ってこない。

「別にどっちでもいいよ。でもまさかこのTシャツ、色違いで買ってるとは思わなかった」

覚がレンズを確認しながら肩を竦めた。

「偶然にしてもすごいよね」

多希が言うと、覚もうんと大きく頷く。

「俺、ショップの人がすごい変な顔してたの忘れらんない。なんでかなーと思って家に帰ったらさ、理が色違いを買ってて」

「しかも同じ日だったから」

「一時間くらい俺が遅かったのかな」

覚に問いかけられ、理がそうと頷いた。それから少し眉を寄せて続ける。

「でもこの年になって」

「お揃いはないよなー」

「ない。さすがに恥ずかしい」

二人は流れるような自然さで、言葉を繋《つな》げていく。

「でも、学校の鞄は色違いだよね」

毎朝、色違いの鞄で通学している姿を思い出す。あれもお揃いだと思うけど……。

「あれは一緒に買いに行ったんだ」

「たまたま同じのが気にいっちゃって。結局、同じ趣味なんだよね」

理と覚がそう言って肩を竦めた。

同じ趣味というのは頷ける。二人は無意識に、同じものや色違いを選ぶことが多い。子供の頃からそうだ。

「……と、準備できた。兄ちゃん、もう行ける？」

覚が立ち上がった。特に必要なものはないだろう。財布と携帯を手に取り、多希も続く。

「うん。……じゃあ、行ってくるね」

「いってらっしゃい。俺は出かけないから、鍵は持って行って」

理に言われて、部屋の鍵も持った。

覚と共に部屋を出る。カメラだけでなく機材も抱えた彼に手伝うと申し出たが、あっさりと断られた。

「……こっちかな？」

旅館の裏にある駐車場の奥へ進むと、広い空き地があった。木々に囲まれていて、緩い坂になっている。わずかな土手の向こうには川が流れていた。とても見晴らしがいい。

「空気がおいしいね」

覚が息を吸って伸びをした。

「うん、本当に」

深呼吸をして、吸い込んだ緑の香りに頬を緩めた。風が木々を揺らしているのを見上げ、目を細める。

いつもなら会社で数字とにらめっこしている時間だ。こうしてのんびりできるなんて贅《ぜい》沢《たく》すぎる。

覚が撮影を始める。邪魔しないようにと、空き地の周辺を歩いてみた。

「あ、あの花、綺麗」

土手部分に、紫の花を見つけた。

「ん？　どれどれ？」

多希の声に気がついた覚がカメラを手に近づいてくる。

「あそこの土手にある、紫色の花」

「ああ、リンドウか」

カメラを構えた覚が、リンドウに向けてシャッターを切る。

その音が頭の中に響き、多希は目を閉じた。

――初めて双子に抱かれた夜以来、覚は理に貫かれる多希の姿を撮り続けた。淫らな姿を撮影されるのは、恥ずかしくて惨めで多希を苦しめた。

多希が嫌がっていると知った覚は、苦しそうな面持ちをし、すがるように言った。

『俺は、好きなものを撮っている時が一番幸せなんだ。兄ちゃんを撮れて、すごく嬉しかった。……安心して。あの晩の写真データは、全部消去したから。だから、俺のこと嫌いにならないで。兄ちゃんがいない生活なんて、もう嫌なんだ』

それ以来、覚はたぶん、行為を撮影していない。カメラを構えることはあるが、シャッターを押していないようだ。多希との約束を守ろうとしているのだろう。

ほっとした反面、それを物足りなく思うようになってきた。そんな自分は、どこかおかしくなっているのだろうか。

「どうしたの兄ちゃん、ぼんやりして」

覚の声で我に返った。

「なんでもないよ。覚はまだしばらく撮影してる？」

気がつけば結構な時間が経っていた。

「うん。いいかな？」

「じゃあ、先に戻ってるね」

「ごめんね」

気にしないでと言い残し、ゆっくりと来た道を戻る。

駐車場で若旦那が掃除をしているのが目に入った。手を止めた彼に微笑みかけられた。

「お散歩ですか」

さきほど見たリンドウのように、たおやかで上品な姿だ。若いのに和服姿が板についている。

「はい。あの、教えていただいた場所に行ってきました」

「いかがでしたか」

「いいところですね。弟はまだ写真を撮っています」

「それはよかった」

若旦那は頷いてから、大きな目を軽く細めた。

「ご兄弟で旅行なんて、仲がよろしいんですね」

「は、はあ……」

曖昧に頷いた。兄弟という枠を踏み越えてしまった関係を、仲が良いと表現していいのだろうか。

自分で選んだ道だけれど、後ろめたさは完全には消えていない。他人の目はどうしたって気になる。

特に、野に咲く一輪のリンドウのような雰囲気の若旦那の前では、淫らな空想ばかりしている自分がどうしようもない人間に思えてならなかった。恥ずかしくて頬が熱くなってしまう。

「弟さんたちはよく似ていらっしゃいますが、双子なんですか？」

若旦那がゆったりとした口調で話しかけてくる。

「ええ、まあ……」

「そうでしたか。……一卵性双生児というのは不思議ですよね。お互いの考えが分かるみたいで、そばにいると、びっくりすることがあります」

まるで誰かを思い出しているかのような言い方だった。

彼の伏せられた瞳の色っぽさに驚く。この人は知っている。うまく説明できないけれど、何か共鳴するものを感じた。

「ええ……。双子の知り合いがいるんですか？」

多希の問いに、若旦那がわずかに目を泳がせて俯《うつむ》いた。

「あ、いえ、余計なことを……。失礼しました。何かありましたら、お声をかけてください」

ほんの一瞬だけ焦りを浮かべた彼は、それを隠すように笑みを作った。

「はい……、あの、お茶請けの最中、お土産に買って帰りたいんですけど、ここで売ってますか？」

「それでしたら、玄関横の土産物コーナーで販売しております」

「ありがとうございます」

礼を言ってから若旦那と別れ、駐車場から旅館の正面に戻る。立派な玄関を眺めて、旅館の施設を見学してから、部屋に戻った。

ドアを開ける。覚はまだ戻っていないようだ。

「理は……まだ眠ってるのか」

窓際の椅子で寝ている理に近づく。気配を感じたのか、彼はゆっくりと目を開けた。

「おかえり」

「ごめん、起こしちゃった？」

「いや、もう起きてた」

理は大きく伸びをして体を起こしてから、自分の膝を叩《たた》く。

「兄ちゃん、ここに頭乗せて」

「うん」

理の膝に頭を乗せて寝転がる。そっと髪を撫《な》でられ、目を閉じた。

理は時々、こうしてただ多希に触れてくることがある。覚と違い、理は他人への興味が薄いようで、人との接触を好まない。例外は覚と多希だけだ。

これで彼の気が済むなら構わないと好きにさせていると、物音が聞こえた。部屋の襖《ふすま》が開き、覚がカメラを片手に戻ってくる。

「ただいまー」

「おかえり」

ゆっくりと体を起こす。

「……おかえり」

理はその場で座り直す。その姿を見て、覚がわずかに目を細めた。

「だるそうだけど、大丈夫？　理に風邪引かれると困るよ」

「ああ、平気だ。覚も気をつけろよ」

二人のやりとりに苦笑する。

双子はほぼ同じタイミングで風邪を引き、いつもお互いのせいにしていた。二人の目に見えない絆《きずな》は、本人たちが望まない部分でも時折発揮されてしまう。

覚はデジタルカメラをこちらへ向けた。

「いいのが撮れたよ。ほら」

「これ、綺麗だね」

空き地で撮った空の写真だった。少しずつ赤みを増していく空の変化が美しい。

「でしょ。この空の色が絶妙だよね。で、これは兄ちゃんが気に入ったリンドウ」

写真を一通り確認した覚がカメラを置いた。

「……さてと。今何時?」

「もうすぐ七時」

理が時計を見た。彼がしている時計は、多希が高校時代に使っていたものだ。まだ大切に使ってくれているのは嬉しい。もう古いのに、大事に扱ってくれているからぴかぴかだ。

「そろそろお風呂に入ろうか」

覚が額の汗を拭った。

「そ、そうだね、汗もかいたし……」

「じゃあ、これ。兄ちゃんの分」

覚に旅館の浴衣を手渡される。

「えっ」

わざわざ着替えなくてもという言葉を発する前に、理が口を開く。

「この浴衣に着替えて、大浴場へ行こう」

「部屋の露天風呂、三人でも充分なくらい広いけど、そっちじゃ、駄目……?」

「「駄目」」

二人にきっぱりと言われてしまった。

「折角、温泉に来たんだから」

「大きいところに行こうよ」

こちらを見る目に宿る熱に息を飲む。彼らが何をしようとしているのか、考えなくても分かっていた。

「『ね、兄ちゃん』」

明るい声に言われた瞬間、背筋に震えが走った。

「予約の時、食事の時間が遅くていいかって聞かれたの、知ってるでしょ。うち以外はみんな七時からご飯なんだって」

覚が微笑む。予約時に、夕食の時間をずらしてくれないかと言われたとは聞いている。だけどそれは、こんなことのためじゃないはず……。

「今がチャンスだよ。ほら」

両側から同時に腕を摑《つか》まれた。

「で、でも……」

大浴場へ行くのをためらうのは、人前で裸になりたくないからだ。双子はそれを知っていて、いや知っているからこそ、行こうと誘ってくる。

「大丈夫だって」

「俺たちが一緒だから」

二人はそう言うけれど、見られるのは多希なのだ。

「は、恥ずかしいよ……」

俯いて足を擦り寄せる。あるべきものがない心許《こころもと》なさに体が竦む。

「いいから」

「行くよ」

二人の口調が強いものに変わる。

「あっ……」

理がシャツに手をかけ、軽く引っ張った。

「脱いで」

「全部だよ」

理と覚からの命令に、頭が白くなっていく。頭の中で自分のモードが音を立てて切り替わるのが分かる。視界がとろりと蕩《とろ》けた。

「……は、はい」

操られるように服を脱いで、浴衣を着た。

こういう状態になると、もう双子に逆らえない。二人の声しか聞こえなくなり、無意識のうちに彼らに言われるままに動いてしまう。

「覚、俺たちも着替えるぞ」

「ああ」

二人は手早く浴衣を着て、多希に微笑んだ。

「おまたせ。行こうか兄ちゃん」

「あ、う、うん……」

二人に連れられて部屋を出る。

大浴場に向かう足取りは、まるで雲の上を歩いているみたいにふわふわと軽かった。


大浴場は旅館の一階奥にあった。

暖簾《のれん》をくぐり、脱衣所に入る。シンプルだが落ち着いた雰囲気の空間で、かなりの広さだ。右側にロッカーとカゴ、左側に鏡と洗面台があり、全体をオレンジの光が包んでいる。

「脱衣所、ゆったりしているね」

覚は嬉しそうに言った。

「客はいないみたいだな」

「そうだね……」

ほっと胸を撫で下ろす。ひとまず誰にもこの体を見られないで済む。

ここに来るまでに、気持ちは落ち着いていた。その分恥ずかしさが増していて、とてもじゃないが下着を脱げそうにない。

双子はさっと浴衣を脱ぎ、ロッカーに入れた。

「兄ちゃん、どうしたの」

「早く行こうよ」

「い、今、行くから……」

体毛のない下肢を露《あら》わにしたくない。浴衣を握り締めて固まる。二人が大浴場へ行ってから、タオルで隠して入るつもりだった。

「恥ずかしがることないよ」

「男ばっかりなんだからさ」

二人がかりで浴衣の帯を解かれてしまう。理の手が多希の下着にかかった。

「……あっ。じ、自分で脱ぐから」

二人にされるよりはいいと、急いで裸になった。下半身にタオルを巻きつける。これで一安心だ。

「ほら」

「行くよ」

「う、うん……」

双子の後に続く。心許なさに体が縮こまる。

大浴場は大中小三つの湯船があった。右手の引き戸を開けると露天風呂と書かれている。

「空いてるね」

「奥に一人、客がいるな」

「こっちに来るかもしれない。新しく客が来る可能性だって……」

小さな声で呟き、二人から離れようとする。だがその手を押さえられた。

「露天風呂はあっちか」

「まずはかけ湯だね」

覚が手近にあった桶《おけ》で湯を汲み、それを多希の下半身にかけた。

「あっ……」

いきなりで逃げられなかった。巻きつけていたタオルが濡れて肌に張りつく。

「せっかくのタオル、濡れて透けたら意味がないね」

覚が意地悪く笑った。

「ひどっ……」

人が近づく気配に言葉を飲み込む。年配の男性が、三人の横を通り過ぎ脱衣所に行った。

「三人だけになったから、タオル、もういらないでしょ」

理が多希のタオルを取り上げる。

「か、返して」

「駄目だよ」

にべもなく言い放った理に、浴場の入口近くにある洗い場まで連れて行かれる。

「体を洗ってあげるから、ここに座って」

「え、あ、ああ……」

二人がかりで椅子に座らせられ、泡立てたボディソープで全身を洗われた。

「やっぱり、ないほうが洗いやすいな」

理の手が下肢をそっと撫でた。

「あっ……」

ただそれだけの仕草に声を上げてしまい、赤面する。

「本当、そうだね」

「もし今、ここに誰かが入ってきたら、どうする兄ちゃん?」

理の囁きに肌が粟立った。

「泡で、隠れているし……」

そう言って足を閉じようとしたけれど、覚の手に阻《はば》まれてしまう。彼もまた耳元に囁いてきた。

「弟二人に体を洗われているなんて、変に思われないかな?」

「そ、そんな……」

心臓の鼓動が、少しずつ速くなっていくのが分かる。双子が洗うだけで何もしないのが、物足りないような気もしてきて泣きたくなった。

全身を洗われ、シャワーをかけられる。交代で体を洗い終えた双子が立ち上がった。

「さあ、綺麗になった」

「露天風呂に行こう」

「タ、タオルは……？」

多希のタオルは理が持ったままだ。返してほしいと目で訴える。

「駄目」

「あっ……」

そのまま双子は、屋外にある露天風呂へ向かう。一人でいるのは心許なくて、追いかけるしかなかった。

引き戸を開ける。石造りの四角い露天風呂があった。間接照明が湯船の周辺を照らしている。

「ちょっと寒いな」

「湯に入れば温かくなるよ」

早く湯船に入りたい。そうすればこの下半身が目立たなくなる。

まずは覚が、それから多希が湯船につかる。その横に理が腰かけた。三人が足を延ばしても充分な広さがあった。

「あー、あったかい」

「お湯は無色透明だね。ライトアップされてるのもいい感じだ」

理が湯を掬《すく》う。

「いい景色だね、兄ちゃん」

覚に言われ、曖昧に頷いた。

眺めを楽しむ余裕なんてない。透明な湯では、何もかも見えてしまう。他に客はいないのに落ち着かず、自然と体が丸まった時、だった。

どこかで物音がする。

「誰か来たのかな」

「えっ……」

不安で周囲を見る。人の姿はここから確認できない。

「覚」

「うん。ちょっと上がるね」

覚が露天風呂を出ていく。

「どうしたの？　寒い？」

理が肩に腕を回してくる。

「ん、平気……」

引き戸が開く音がした。脱衣所に誰か来たのだろうか。

「さっきはありがとうございました。すごくいい風景でした」

覚の声が近くで聞こえた。露天風呂と壁を隔てて脱衣所があるため、声が通ってしまうようだ。

「それはよかった。素敵な写真が撮れましたか」

続いて耳に入ってきたのは、旅館の若旦那の声だ。

あんな清潔そうな人に、この体を見られたらどうしよう。見て見ぬふりをされるのか、それとも凝視されるのか……。

「兄ちゃん、広いんだから、もっと体を伸ばせばいいのに」

「ん、このままで、いい……」

他人の視線で昂ぶる姿はどう思われるだろう。人前で興奮するなんていけないことだ。でも不道徳な行為の裏に甘美な快楽が潜むのを、多希は双子との交わりで知っている。

「そんなに丸くなってたら、リラックスできないよ」

「大丈夫だよ」

体毛を剃り落とした体を、あの綺麗な人に見られ、そこに蔑《さげす》むような目があったら……。恥ずかしくて情けなくて、泣きたくなるかもしれない。

でもきっと、体の奥は熱くなる。そしてそれを二人に指摘されて……。——想像しただけで、全身がかっと熱くなった。

「ちょうど皆様がお食事の時間です。貸し切りのようなものですから、ごゆっくりどうぞ」

若旦那のしっとりとした声が聞こえてくる。

「はい、そうさせてもらいます」

覚が元気よく返事をした。会話はそこで終わり、少しして覚が露天風呂へ戻ってくる。

「さっきの若旦那がタオルの補充に来てたみたい。あれ、兄ちゃん、どうしたの。顔赤いよ？」

「えっ……」

ごまかすように湯の中で体を揺らす。覚が湯に入ってきた。

「手足が伸ばせる風呂っていいね」

「うん、この広さはいい。三人でも窮屈じゃないし」

「空も見えるしね」

二人の会話が耳を通り抜ける。頭の芯が蕩けたみたいにぼうっとして、息も乱れてくる。

「兄ちゃんがのぼせそうだ」

理が顔を覗き込んでくる。

「本当だ。もう部屋に戻ろうか」

「そうだね。……立てる？」

「……うん」

なんとか頷き、二人の手をとった。

「兄ちゃん、とろんとした目をしているね」

理の声が変わった。

「風呂で何もしてもらえなくて、つまらなかった？」

いたずらっぽい口調の覚もまた、これでとは違う空気をまとう。

「そ、そんなこと……」

ない、とは言い切れない。唇を半開きにしたまま、曖昧に首を振る。

「安心して。部屋に戻ったらいっぱい」

「可愛がってあげるからね」

嗜虐《しぎゃく》の色が滲《にじ》む瞳。それを向けられた瞬間から、二人以外のすべてが色を失う。

「あっ……」

自分の出した声は、期待に濡れていた。

双子は交互に、多希の唇へ触れるだけのキスをしてくる。

「だ、誰かに見られたら……」

こんな場所でと目を泳がせると、双子は甘い笑みを浮かべた。

「そうだね、三人だけになれる」

「部屋に、早く戻ろうね」

交互に言われて、多希は静かに頷いた。二人に抱えられるようにして、湯船を出る。

露天風呂を出て脱衣所に辿《たど》りつくまでで、多希の呼吸は既に乱れていた。もしここが自宅だったら、すぐにでもねだる言葉を口にしていただろう。

だがそうしないだけの理性が、かろうじて残っていた。

濡れた髪をおおざっぱにタオルで拭いて、双子に浴衣を着せてもらう。下着は取り上げられたため、身につけられなかった。

「部屋に戻るよ」

双子に言われて、こくん、と頷いた。歩き出した二人に続く。

下半身が見えてしまいそうで心許なく、歩幅が狭くなってしまう。部屋までが酷《ひど》く遠く感じた。

廊下で女性客とすれ違う。やましさから、下肢を覆うようにタオルを持ち替えた。

足を進める度に、無防備な下肢へと意識が向く。

もしここで、帯が解けたらどうしよう。双子によって、まるで子供のように無防備な状態にされていた下肢が露わになったら。

想像しただけで体温が上がっていく。恥ずかしくて見せられないと思う場所にまで熱が回り始めて、汗が滲んだ。

人目を気にしながら部屋に戻る。中に入るなり抱きついてきた二人に、部屋の隅で押し倒された。

「兄ちゃん、体が熱くなってる」

あおむけで畳に横たわる。両側から双子が見下ろしていた。その瞳に冷たい光を感じ取り、多希はうっとりとした息を吐く。期待で勝手に体が熱くなるのを止められない。

「どうしてこんなに興奮してるの？」

覚の指が性器の先端に触れる。その刺激に反応して、そこは更に硬くなった。

「何を考えていたのかな」

理の声が耳をくすぐった。

「あっ」

先端からつぷりと体液が滲み出る。それを二人は、両側から競い合うようにして指で掬い、軸へとまぶしていった。

「乳首もこんなに尖ってる」

「やらしいなぁ。吸っちゃおうか」

覚が胸元の突起に吸いついた。

「……やっ、……め……」

くちゅくちゅと音を立てて吸われると、そこから甘い痺《しび》れが広がっていく。気持ち良さに甘い吐息が零れた。

反対側に伸びてきた理の指が、硬くなった突起を弾く。

「やめていいの？」

「……やめちゃ……やだっ……」

快感を手放したくなくて首を横に振る。

「兄ちゃん、やらしーなぁ」

覚は笑いながら、多希の右足を持ち上げた。浴衣は完全にはだけ、かろうじて帯が腰に巻きついているだけになった。

二人の視線が多希の欲望と、その奥の後孔に向けられる。

「丸見えで恥ずかしいね」

「お風呂でみんなに見てもらえばよかったかな」

理が左足を抱え上げた。覚が小さなボトルを理に手渡す。

後孔を指で押し開かれ、中を濡らすように液体が注がれる。冷たいそれが粘膜を潤していく感覚に身震いした。この瞬間だけは、どうしても慣れることができない。だけどその先に快感があると分かっているから耐えられる。

「あっ……そこ、……いいっ……」

弱みを指で擦られる。胸の突起も弄《いじ》られ、欲望を扱《しご》かれるともう声を我慢できなかった。

「あんまり大きな声を出したら、誰かに聞こえちゃうかもよ」

「そうだよ。こんなところに指を入れられているの、見られちゃうよ?」

二人の囁きに、頭の中が真っ白になった。

恥ずかしい。だからこそ、気持ちいい。

双子に目覚めさせられた、被虐《ひぎゃく》の悦《よろこ》びが多希を包む。恍惚《こうこつ》の波が押し寄せて、夢中で腰を振った。

「……兄ちゃん、……撮っても、いい?」

覚がカメラを構えていた。その手がわずかに震えている。

「んっ……撮って」

それで覚が興奮するなら、撮って欲しい。

義弟である双子に嬲られて、こんなに感じてしまう自分はおかしいと、分かっている。淫乱だという自覚もある。

だけど、二人はそれでいいと言ってくれた。そんな多希を受け入れてくれた。――だから多希も、彼らが求めることはすべてしたい。

極端な思考が頭をいっぱいにする。自然と笑みが浮かんだ。

「どこを撮って欲しいの?」

理の指が唇に触れた。

「僕の……いやらしいとこ、全部っ……」

二人が求める言葉を口にした途端、恍惚が襲ってきた。

「兄ちゃん、どうしたの？　いつもより可愛い」

覚がそう言いながら、次々と写真を撮っていく。シャッター音とフラッシュの光に、体だけでなく心も昂ぶる。

こんなにも淫らで、どうしようもない体を、二人に見て欲しい。

自宅とは違う場所という解放感が、多希を更に大胆にさせる。

「もっ、と……」

誘うように足を開いた。覚の指が止まる。

二人は視線を絡ませた。目に見えない会話が、今の多希には伝わってきた。彼らはどちらが先に多希を抱くか、その眼差しだけで決めようとしている。

その会話を遮《さえぎ》るべく、唇を開いた。

「……二人とも、きて」

どちらかではなく、二人を同じだけ感じたい。欲張りな感情を隠さずに二人を見つめる。

双子が顔を見合わせ、同時に首を傾げた。

「明日、立てなくなっても」

「知らないよ」

「いい、からっ……」

早く、と多希は二人に手を伸ばした。目がくらむような快楽に、早く三人で溶けてしまいたかった。


「「おはよう」」

双子の声が両側から聞こえ、多希は薄く目を開ける。だが眩《まぶ》しくてすぐに瞼《まぶた》を下ろした。

「……おはよう」

掠《かす》れた声で返すと、両側から布団ごと抱きしめられる。

「どうしたの」

「具合悪い？」

心配そうに覗き込まれている気配を感じて、緩く首を振った。

「……平気」

体にはさほどダメージはないけれど、精神的にはかなり疲れていた。

昨夜はいつも以上の痴態《ちたい》を晒《さら》してしまった。自宅以外の場所で、解放的になってしまったせいだろう。いくらなんでも乱れ過ぎた。畳の上で二人を受け入れ、憚《はばか》ることなく声を上げた。配膳に来た旅館の女性に聞かれはしなかったか心配だ。更に夕食後、露天風呂に入ってからまた三人で求め合って……。

思い出すとこのまま消え去ってしまいたくなる。布団にくるまっていると、二人に軽く揺さぶられた。

「じゃあ、出ておいでよ」

「早く。朝ご飯の時間になっちゃうよ」

理と覚はそう言って、同時に多希の布団をめくった。

「まぶ、し……」

明るい陽射しと二人の笑顔に目を細めた。

「起きられる？」

覚が優しく手を差し伸べてくる。

「ん……大丈夫」

手をついて体を起こす。ただそれだけなのに、二人に見守られるのは気恥ずかしかった。

「起きたばかりの兄ちゃんって」

「無防備で可愛いな」

二人はそう言って、顔を寄せてくる。

「……つい、こんなことしたくなる」

まずは理が唇を重ねてきた。触れるだけで離れるかと思ったのに、舌を差し入れて口内を探られた。

「やっ……」

段々と深くなるキスにうろたえる。

「ん、んんっ……」

「理ばっかりずるい。兄ちゃん、俺にも」

覚も唇を寄せてくる。二人から同時に深くキスされると、すぐに息が苦しくなった。

「……ん……」

だけどこの苦しさもまた、快楽なのだ。もっと欲しくて、誘うように唇を開いた。二人の舌を吸って味わう。

「……よそう。これ以上してたら、キスだけじゃすまなくなる」

理は唇を離し、少し困った顔をして多希の頬を撫でる。

「朝食の時間は守らないとね」

髪の毛に指を絡ませながら覚が微笑んだ。

「そうだね……」

もっと、と言いそうになった自分が恥ずかしくて俯いた。そろそろ朝食が運ばれてくる。何をしていたか分かるような、この状況を何とかしなくては。

それでも余韻を味わっておきたくて、多希はそっと唇を拭った。

朝食後、部屋でチェックアウトを済ませる。お茶を飲みながら、バスの時間に合わせて旅館を出ると決めた。

「一泊って意外と短いね」

「今度来るときは二泊ぐらいしたいな」

手早く荷物をまとめた双子は、畳の上で寛《くつろ》ぎながら頷きあっている。

「二人とも元気だね。……朝ご飯もお代わりして」

多希も自分の荷物の整理を終えて一息ついた。両親に買った土産の最中を、鞄に収めることができて満足だった。

「だって、朝とは思えないほど豪勢だったし」

覚は満足げだ。理も頷いている。

「夕飯もおいしかったしな」

二人の旺盛な食欲を知った旅館側は、夕食の最後に試作だからと料理をサービスしてくれた。今朝も朝食が多めだったし、出発前にお茶と最中も出してくれている。こちらが恐縮するくらいの対応はありがたかった。

「そういえば兄ちゃん、朝も夜もあまり食べてなかったね」

「ちょっと、ね」

覚に心配そうな顔をされ、大丈夫だと伝えるべく微笑む。ただ激しい行為の後で食欲が出なかっただけだ。

時間になり、荷物を手に部屋を出る。従業員に見送られて靴を履く。さて帰ろうと外に出た時、着物姿の若旦那が現れて頭を下げた。

「おはようございます」

「お、おはようございます」

何故この人と顔を合わせると、こんなに緊張してしまうのだろう。じっと目を見られると、胸がざわめいてしまう。

「ゆっくりお休みになれましたか？」

「はい、とても」

双子が笑顔で頷いた。

「昨夜はご夕食が遅くなり、ご迷惑をおかけしました」

「大浴場を貸し切りみたいにできて、かえってよかったです」

覚が笑いながら返す。若旦那は口元に笑みを浮かべた後、視線を多希に向けた。

「すっきりした顔をなさってますね」

「あ、ええ……」

まるで全てを知っているかのようなその態度に、目をうろつかせる。もしかして、彼は自分たちの関係に気がついているのだろうか……。

「きっと、ここの温泉がよかったんですよ」

　理が助け船を出してくれた。

「それは何よりです。またどうぞお越しください」

若旦那に見送られて、旅館を出る。風が心地良い。いい天気だった。

少し歩いたところで、理が不機嫌に言い放つ。

「あの若旦那、兄ちゃんが気に入ったんじゃないか？」

「まさか」

ありえないと苦笑するが、今度は覚が念を押してきた。

「兄ちゃん、可愛いからな。浮気なんか、しちゃ駄目だよ」

「そんなことしないよ」

二人の心配を笑い飛ばす。

双子は自分のことを過大評価しすぎだ。多希はごく平凡な会社員でしかなく、誰にでも好かれるほどの魅力はない。

それにしても、あの若旦那は何者なのだろう。何かを悟ったような雰囲気と言動が気にかかる。

ちゃんと話してみたかったな。そう思ったのは、彼に不思議な共鳴を覚えたせいだろうか。気持ちを見透かす瞳には、すべて打ち明けてしまいたくなるような何かが潜んでいた。

——考えすぎだ。そうそう自分たちのような、ふしだらな関係に陥《おちい》る人間は多くない。

妄想も程々にしなくては。

「あーあ、明日はもう学校かぁ」

覚がカメラバッグを抱え直しながら言った。

「受験は終わったんだから、いいじゃないか。俺はこれからが本番だ」

理は口元を歪めて荷物を持ち直す。

「そうだね、頑張ってね」

きっと大丈夫、と心の中で続ける。理の努力は、必ず報われるはずだ。

バス停が見えてきた。

またいつもの日常へと戻っていく。それは普通の兄弟とは明らかに違う日常だ。でもそれを選んだのは、自分自身。後悔なんてもう何もない。理と覚がいれば、それだけで幸せだった。

双つ龍は色華を抱く

都心から約二時間、山中にあるレトロな雰囲気で統一した温泉街に、創業百年を越える老舗《しにせ》旅館『松波屋《まつなみや》』はある。

松波聖《ひじり》は、廊下の隅を歩いて大浴場へと向かっていた。夜七時、仲居たちが配膳にてきぱきと動いている。この時間は宿泊客の大半が食事中のため、大浴場の整理整頓にちょうどいい。

普段なら作業用の作務衣《さむえ》を着て行うのだが、今夜は着替える時間がなかった。着流しのまま男性用の脱衣所に足を踏み入れる。使用済みのタオルやゴミをまとめる仕事には、もうすっかり慣れた。

一ヶ月前まで、聖はごく普通の会社員だった。都内にある電機メーカーの知的財産部に勤務し、特許に関わる翻訳業務を担当していたため、一日中机《もとい》に向かっていた。

平凡な生活が変わったきっかけは、亡父の後を継いだ兄、基の交通事故死。突然の出来事に母と義姉の動揺は大きく、葬儀のために戻ってきた聖が手続きに奔走した。実家が落ち着くまではと、会社も休職扱いにしてもらっている。いつ戻れるのか、いや本当に戻れるのかも、今は分からない。次から次へと問題が沸き起こっているせいだ。

兄には使途不明の借金があった。金額も大きかったが、旅館の土地は兄の個人名義だったために相続放棄もできない。なんとか生命保険で払えると分かったものの、今度は旅館の経営が杜撰《ずさん》だと明らかになった。

更に追い打ちをかけたのは、兄が旅館の土地の売買契約を結んでいたことだ。これでは松波屋を売ったも同然だった。

しかも相手は、この地域を取り仕切る暴力団の杠葉《ゆずりは》組。それを知った時、聖は言葉を失った。いくらなんでも相手が悪すぎる。

どうにか土地の売買契約を破棄してもらおうと、聖は杠葉組と交渉をした。そこで要求されたのは、聖自身。旅館存続のためにはその条件を飲むしかなく、聖は交渉の場であった料亭で、おのれの体を差し出した。

若頭《わかがしら》と顧問弁護士という双子の兄弟による陵辱《りょうじょく》は長く続いた上、一度では終わらなかった。呼び出しは週に二回のペースで今も続いている。よほどの理由がない限り、聖に拒否権はなかった。

今夜も八時に迎えが来ることになっている。あと一時間。それまでに仕事を終えてしまおう。

食後に入浴される宿泊客に備えて、タオル類の補充をしておく。大浴場は静かで、露天風呂から、何を言っているのかは分からないが話し声らしきものが聞こえてくるだけだった。

今夜は宿泊客の食事時間が重なっているため、この時間に入浴しているのはたぶん一組だけだ。宿泊名簿に書かれた名前は、戸川《とがわ》多希《たき》、理《おさむ》、覚《さとる》と書かれていた。若い男性客は珍しいのではっきりと記憶している。小柄で可愛らしい男性が兄だと、案内時の会話から察せられた。

その兄とは、今日の夕方、駐車場を見回っている時に少しだけ話をした。

「お散歩、ですか」

声をかけると彼ははい、と頷《うなず》いた。

「……ご兄弟で旅行なんて、仲がよろしいんですね」

「は、はあ……」

曖昧《あいまい》に頷いた多希の目がわずかに泳ぐ。何かまずいことでも聞いたのかと話題を変える内に、聖もつい余計なことを言ってしまった。

双子という単語に反応してしまったせいで、不審に思われたかもしれない。

「……失礼しました。何かありましたら、お声をかけてください」

慌てて取り繕う。

多希は何か言いたそうな顔をして、でも口にせず、当《あ》たり障《さわ》りのない土産の話をしてから旅館の中へと戻っていった。

人にはそれぞれ事情がある。彼もきっと抱えるものがあるのだろう。せめてここに来ている間くらい、日常を忘れて羽を伸ばして欲しい。それはすべての宿泊客に対する願いでもある。

引き戸が開く音がして顔を上げた。双子の一人が入ってくる。聖の顔を見て、彼はにこやかに近づいてきた。

「さっきはありがとうございました。すごくいい風景でした」

屈託のない笑顔に頰《ほお》が緩《ゆる》む。どうやら部屋で撮影スポットを聞いてきた方らしい。

「それはよかった。素敵な写真が撮れましたか」

「もちろんです」

彼に教えた空き地は、子供の頃によく兄と遊んだ場所だった。特別なものはないけれど、綺麗な風景だから気に入ってもらえると嬉しい。

「――貸切のようなものですから、ごゆっくりどうぞ」

リネン類の補充と整理を終えて、大浴場を出た。

さて、と時計を見る。そろそろ迎えが来る時間だった。旅館の裏にある自宅へ戻り、身仕度を整える。出かけようと草履《ぞうり》に足を入れた時、母が顔を出した。

「……あら、出かけるの？」

「ええ。弁護士の先生とお会いすることになっています。遅くなりますから、先に寝ていてください」

何か言いたげな母に、そうだ、と話題をすりかえる。

「戸川様、最中がお気に召したようです。朝もお出ししてください。……では、行ってきます」

母が口を開く前に、家を出ていく。自宅の出入り口は、旅館の裏にある駐車場の隅にあった。

約束の八時まで、あと十分。彼ならもう来ているだろうと辺りを見回すと、見慣れた国産車が目に入った。

近づいて運転席を確認してから、助手席側のドアを開ける。

「こんばんは」

運転席には、田中政臣《たなかまさおみ》が座っていた。細い銀縁の眼鏡が知的な印象を与えている。目尻が垂れているせいか穏やかそうに見えなくもない。物腰も柔らかくて紳士的だ。

だがその外見に騙《だま》されてはいけない。彼は杠葉組の顧問弁護士であり、聖の体を好きに扱う男の一人だ。

「行きましょう」

「……はい」

静かにアクセルが踏み込まれる。

この時間になると、山道は車の通りが少なくなる。歩いている人間も殆《ほとん》どいない。

車は山道を下っていく。兄の事故現場だけは見たくなくて俯《うつむ》いた。それを過ぎると、緩いカーブが続く。

聖はなんとなく、政臣の横顔に目を向けた。双子を意識するようになったきっかけは、間違いなく彼らだ。

「さっきから僕の顔を見ていますが、どうしました？」

政臣は口元にだけ笑みを浮かべ、ちらりと視線を向けてきた。

「いえ、何も」

わざわざ話すことではないと肩を竦《すく》める。

「それならいいのですが」

会話はそれだけだった。山道を抜けると、駅前にあるホテルへと向かう。

正面エントランスに車を停めた政臣は、ホテルの従業員に車とキーを預けた。ここは全国的に名の知れたホテルだが、杠葉組の息がかかっていた。

エレベーターに乗り、最上階の部屋へ連れて行かれる。ドアの前にスーツ姿の男が二人立っていた。政臣と聖を見て、無言で頭を下げる。聖も会釈を返す。

「どうぞ」

政臣がカードキーを取り出して、ドアを開けた。

「早かったな」

窓際に立っていた男が振り返る。杠葉義臣《よしおみ》だ。三つ揃いのスーツを着込んだ彼は、杠葉組の若頭であり、政臣の双子の兄弟だった。

二人はよく似た顔立ちをしているが、雰囲気が全く違う。インテリ然とした政臣に比べ、義臣は一目で堅気ではないと分かる鋭さがある。それを強調しているのが、彼の右眉にある傷だった。

義臣は二人掛けのソファに腰を下ろした。黒い瞳が、聖の体を上から下までを舐《な》めるように見る。その視線だけで、息が乱れそうになるのを必死で堪えた。

「そろそろ覚悟を決めたか」

義臣の問いに、聖は俯いた。

「そう簡単には辞められないでしょう。大手企業で将来を期待されていたのですから」

背中に政臣の手が添えられる。

二人は聖に、会社を辞めて旅館の経営に専念するよう求めていた。聖自身もそのつもりでいる。問題は土地の売買契約だ。

「早くしろよ。俺はそんなに気が長くない」

義臣が口元を引き締めた。深い闇のような瞳が聖を射抜く。この眼差しは、決して嘘を許さない。

「……はい」

聖は目を逸《そ》らさずに答えた。早くどうにかしなきゃいけないのは、聖自身が一番よく分かっている。

義臣はふっと口元を歪めた。

「さあ、今日も楽しませてもらうぞ」

聖は静かに頷いた。

すべては旅館を守るためだ。これくらいどうってことはない。自分に言い聞かせて、帯に手をかける。

契約破棄の条件は、半年間彼らのものになること。それまでに二人が聖に飽きたら解放される。その代わり、怒らせたらすべては無になる。

一方的な条件だが仕方がない。聖にできるのは、早く二人が自分に飽きてくれればいいと願いながら、機嫌を損ねないように振舞うことだけだ。

「なんだ、積極的だな。脱がす楽しみを奪う気か？」

義臣のからかいを無視して、帯を解く。恥じらっていても、ただこの時間が長くなるだけだ。

長着を肩から落とし、軽く畳んで脇に退ける。腰紐にかけた手を、いつの間にか横にいた政臣が制した。

「今日はそのままで」

裾《すそ》よけの類は身につけていない。長襦袢《ながじゅばん》と下着だけの姿で二人の視線を浴びる。

「今度、赤い襦袢を買ってやろう。それを着て酌をしろよ」

にやついている義臣に眉を寄せた。

「そんなの着る男がどこにいるんです」

「男はいねぇだろうな。だけどお前、俺たちのオンナだろ。……ほら、ここに来い」

義臣が膝《ひざ》を叩く。その上に乗れということだろう。

ソファに腰掛けている義臣に跨《また が》った。襦袢の裾がはだけてしまうが気にしても仕方がない。この流れでは、確実に汚される。

「まあいい」

「お前からキスしてみろ。勃《た》っちまうくらい、濃いやつを」

義臣はおどけた口調で聖の頬を撫《な》でた。

「……分かりました」

楽しそうな男の首に腕を回す。

義臣に目を閉じる気はないようだ。聖も目を逸らさず、そのまま唇を寄せた。

まずは軽く触れ合わせてから、舌を差し入れる。がっしりとした硬い歯。舌の厚みと、唇の柔らかさ。煙草の味。どれも初めて知るものではないけれど、主導権が自分にあるだけで新鮮だ。

「っ……」

舌を絡ませ、口内を探る。目を開けたままでする口づけに、体の芯が昂《たか》ぶっていくのを感じた。

息をしようと唇を離す。糸のような唾液で繋《つな》がる唇から目が離せない。気がつけば再び唇を重ねていた。

舌を吸って、緩く嚙む。唾液を与え、すする。角度を変えて繰り返す口づけが興奮を呼び、呼吸が乱れていく。

「うまくなってきたな」

義臣の指が顎《あご》をくすぐる。後ろから政臣がそっと頬を撫でてきた。

「聖君はキスが好きだよね。口の中も性感帯があるのかな」

親指が濡れた唇に触れ、中へと入ってくる。歯並びを確かめるように一本ずつ撫でてから、上顎を擦られた。

「うっ……」

揃えた指を出し入れされる。閉じきれない口角から唾液が零《こぼ》れ落ちる。それを義臣が舌で追いかける。

義臣が喉仏《のどぼとけ》に軽く歯を立てた。鈍い痛みにのけぞると、まるで胸元を彼へ差し出すような形になる。

「っ……や、……」

襦袢の上から、乳首を吸われる。痛いくらいの強さに尖ったそこを、指で転がされて引っ張られた。軽く爪が当たり、全身が甘く痺《しび》れていく。

「……うっ……」

政臣の指が唇から離れた。名残惜《なごりお》しくて行き先を見ていると、顎から喉を辿って胸元へ向かう。

義臣の指と政臣の指が、左の乳首に爪を立てた。鋭い痛みに体が跳ねる。すると今度は宥《なだ》めるように、指の腹で優しく揉《も》まれた。

「硬く尖ってるね。少し大きくなったかな？」

耳元で政臣が囁《ささや》いた。彼の舌が耳の中を舐めていく。ぴちゃぴちゃという水音が頭に響いた。

「ンっ……」

はだけた裾から入ってきた義臣の指が下着にかかる。

「もっと色気があるのはねぇのか？」

ごく普通のボクサータイプの下着が義臣はお気に召さないらしい。破くような勢いで脱がせようとするので、聖も腰を浮かせて協力する。

露《あら》わになった下肢には体毛がない。二人にとって剃り落とされたため、そこは子供のように無防備だ。

「お前のここはだらしねぇな。そんなに気持ちいいのか？」

義臣が聖の性器を軽く指で弾く。ぶるりと震えるそれは、既に濡れそぼっている。体質だから仕方がないとは分かっていても、体液が多すぎて恥ずかしい。

「聖君はここも弄《いじ》られるのが好きですよね」

政臣の指が先端の窪みに触れる。既に体液が溢れているそこを擦られて、頭を打ち振った。

「っ……やっ……」

昂ぶりから体液が溢れ、幹を伝っていくのが分かる。

後孔を義臣の指が撫でる。既に二人によって何度も快楽を教え込まれたそこは、簡単に解けていく。

「ローション、取ってくれ」

義臣に言われ、政臣が聖の体から手を離した。義臣に体を預け、聖はベッドサイドに向かう政臣の姿をぼんやりと見る。

「……それは」

政臣が手に取ったものを見て、血の気が引いた。彼の手には、ローションのボトルと、リンドウの花があった。

「綺麗なリンドウがあったので、買っておいたんです。喜んでもらえるかなと思って」

「やっ……やめてください……」

二人に初めて陵辱《りょうじょく》された夜、政臣はリンドウを使って聖の尿道を犯した。初めて他人にそんな場所を弄られた衝撃は大きく、今も聖はリンドウをまともに直視できない。

逃げようと立ち上がった体を、義臣が後ろから羽交《はが》い締《じ》めにした。

「暴れたら縛《しば》るぞ」

静かな声に体を縮める。彼はやると言ったら必ずやる。

「じゃあここ、可愛がってあげるね」

義臣の体に後ろ向きで跨り、足を大きく広げた状態にされた。襦袢は既に全く意味がないほど着崩れている。

正面の床に膝をついた政臣が、リンドウを聖の性器へと近づける。

「動かないで」

濡れそぼる欲望の先端にある窪みが押し開かれる。政臣はリンドウの茎を、ゆっくりと隘路《あいろ》へ埋めていった。

「ひっ……」

秘めた場所を擦られる恐怖に寒気がする。少しでも動くと傷つけられそうで、抵抗もできない。

「……くっ……」

体液で濡れた粘膜を擦られる。埋めては引き出される内に、体の奥が熱くなってきて聖は混乱した。

こんなこと、気持ちいいはずがない。それなのにどうして、もう達しそうなほど昂ぶっているのだろう。

手足の指をぎゅっと丸めて刺激に耐えていると、義臣の手が尻を割った。濡れた指が窄まりに突き入れられる。無造作な動きには、身構える間もなかった。

「や、め……」

前も後ろも、本来ならば人に触れさせない器官を暴かれる。少しでも動いたら傷つきそうで、怯《おび》えるあまり肌の表面が粟立った。

「……あっ、いや、だっ……」

後孔を探る指が増え、リンドウの抽挿《ちゅうそう》が激しくなる。このまま弄られ続けたら、おかしくなってしまう。

「ひくついてるぞ。もう三本じゃ足りねぇか？」

義臣が指をぐるりと回した。

「あ、も……早くっ……」

この状態から解放されたくて、上擦った声でねだる。

「欲しい時はなんて言うんですか？」

政臣が口元を歪めた。答えずにいると、リンドウをとんと押されて茎が尿道を擦る。

「んっ……ここを、……使って、くださいっ……」

教えられたのは、淫らな台詞。何度口にしたって、こんな恥辱と屈辱にまみれた言葉には泣きたくなる。だけど涙を見せたって二人を喜ばせるだけだ。

「今日はお前からにしろよ」

「僕から？　いいけど、どうして」

義臣の指示に政臣が首を傾げる。

「お前が緩んでるくらいが好きなのは分かってる。だけどたまにはきつきつの孔を味わうのもいいだろ」

「分かった。……じゃあ、僕が中を練っておくよ。緩んで吸いついてくる感じもたまらないからね」

二人の会話の意味を理解する間もなく、聖は床にうつ伏せで這《は》わされた。後ろに膝をついた政臣が襦袢をめくりあげ、窄まりを押し開く。

「このいやらしい孔を、奥まで可愛がってあげる」

「っ……ああっ……前、抜いて……」

懇願は聞き入れられず、リンドウが前に刺さったままだった。少しでも腰を落とすと床に触れそうで怖い。

太い部分が入ってきた瞬間、全身にぶるぶると震えが走った。わずかな痛みと違和感に唇を噛《か》む。一番太い部分を抜けるまでの辛抱だと、自分に言い聞かせて力を抜く。

粘膜を舐めるようにして、昴ぶりが入ってくる。奥まで突き入れると、政臣が動きを止めた。馴染《なじ》むまで待つつもりなのだろう。

「うわっ」

詰めていた息を吐いた時、いきなり髪を摑《つか》まれて顔を上げさせられた。目の前に義臣の屹立がある。先端が張りだした卑猥《ひわい》な形に息を飲む。

「口を開けろ」

見下ろす眼差しに滲《にじ》む獰猛《どうもう》な色に逆らえず、聖は唇を開いた。

「んんっ……」

義臣の昴ぶりを口に含む。舌で裏筋を辿り、含みきれない根元を指で扱《しご》く。このやり方は、政臣が教えてくれたものだ。

「……うまくなってきたな。そうだ、もっと音を立ててしゃぶれ」

大きな手で前髪をかきあげられる。視線を感じて目を伏せた。

決して服を脱がない男の余裕を崩してやりたくなってきた。頰を窄め、強く吸う。たぶん、自分がこれをされたら痛みを覚えるだろう。だけど義臣は心地良さそうに髪をかき混ぜるばかりだ。

先端の窪みに舌を差し入れる。ぐりぐりと抉《えぐ》ると、義臣の体に力が入った。

彼を感じさせた。満足感に浸ったのも束の間のこと、腰骨に指がかかって腰を持ち上げられた。

「もう動いても大丈夫そうですね」

「あ、あっ……」

いきなり最も感じてしまう場所を抉られる。口から逃げた義臣の昂ぶりが頬を擦った。

「すごいな、……きつい」

政臣の吐息が首筋にかかった。

「たまにはいいだろ」

義臣は笑いながら、聖の唇に欲望を擦りつけた。先端に滲む体液を塗られたかと思うと、強引に喉奥まで突き入れられる。

「うっ……」

上下から体を貫かれる。苦しくて、だけど体は昂ぶったままだ。

揺さぶられる内に、触れられた部分すべてが気持ち良くなってくる。下腹部をリンドウの花がくすぐる。滑稽《こっけい》なその刺激すら、今は聖を煽《あお》るだけだった。

二人だと、快感が二倍ではなく二乗になる。そんなことを真顔で聖に言い切ったのは、政臣だ。それが本当のことかどうかなんて知らないし、分かる術もない。

ただ、こうして二人に貪《むさぼ》られていると、訳が分からなくなるような快感に溺《おぼ》れてしま

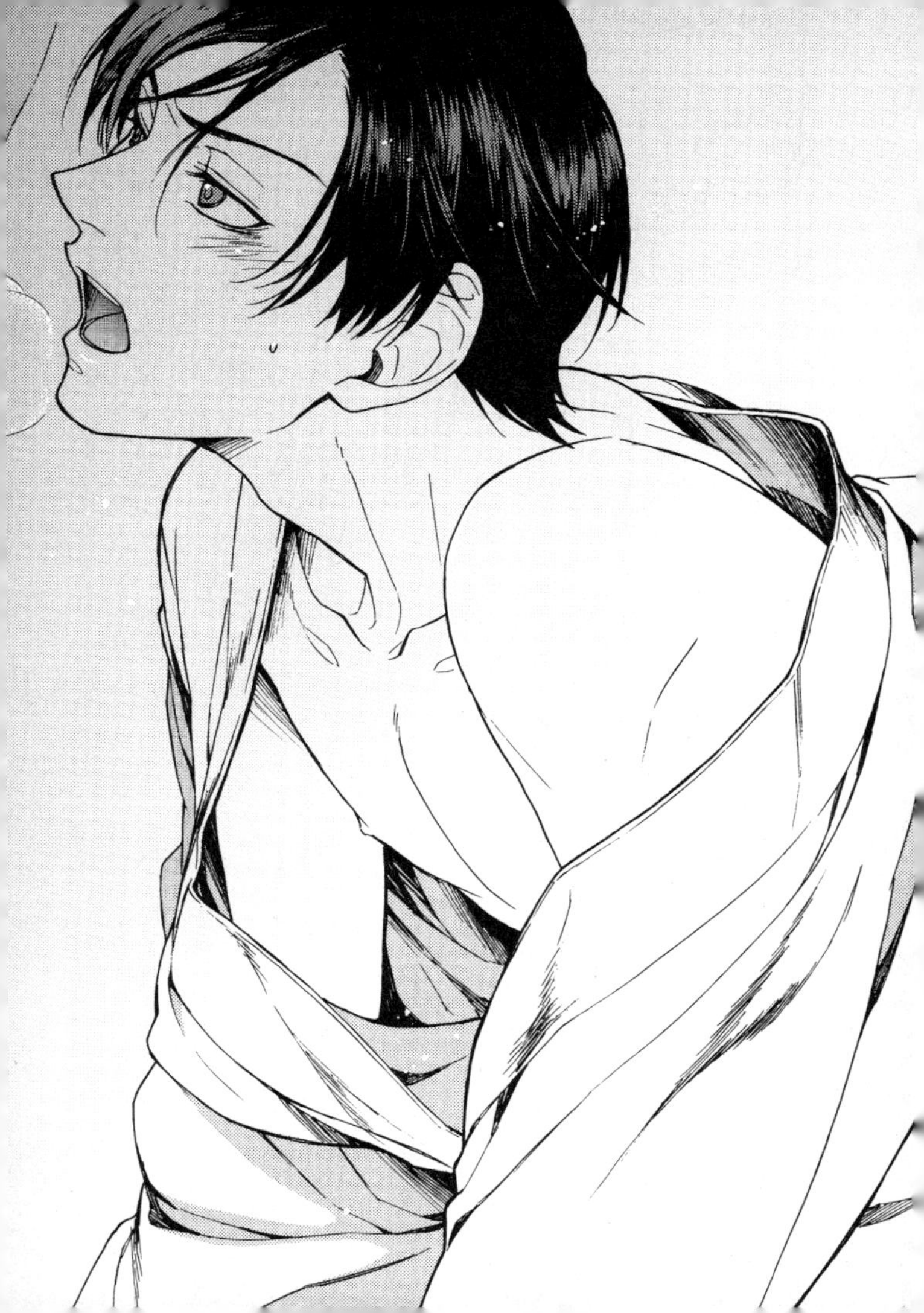

うのは事実だ。

義臣が腰を引いた。彼の昂ぶりが外れても、唇を閉じられない。

「顔にかけて欲しいか？」

咄嗟《とっさ》に首を横に振った。

「聖君は、顔よりも中に出されるのが好きだよね。ほら、どこに欲しい？」

政臣の指が、襦袢の上から臍《へそ》を撫でた。そうされると窄まりが締まり、彼の欲望を強く意識することになる。

彼らがどんな言葉を求めているか、分かっている。聖はせわしない呼吸をしながら、義臣を見上げた。

「この、いやらしいお尻に……種つけ、してくださいっ……」

二人が喜ぶ淫《みだ》らな言葉を使って、腰を振る。義臣がにやりと笑った。

「まずは政臣にしてもらえ」

「奥に出すからね、全部飲むんだよ」

政臣の抽挿が早くなった。肌と肌がぶつかる音が室内に響く。

「ふぁっ……！」

どくどくと音を立てて、熱が注がれる。その勢いに押し出されるようにして、聖も極めようとした。

だがリンドウを差し込まれたままでは、射精することもできない。絶頂の直前での足踏みは苦しすぎる。

「ああっ、待って……」

政臣が昂ぶりを引き抜いた。体をその場で反転させられ、義臣の膝の上に乗せられた。

「あっ……」

余韻に震える窄まりに、義臣が指をかける。慎みを失ったそこを広げられて、政臣の体液がぐぷっと音を立てて溢れた。

「やっ……汚れるっ……」

「構わねぇよ。たくさん出してもらったな。もうとろとろじゃねぇか。ほら、これが欲しいんだろ」

義臣が笑いながら、昂ぶりを宛《あ》てがう。縁に指をかけて広げられた状態で、一気に奥まで貫かれた。

「ぁ……入って、くるっ……」

大きなそれを抵抗なく飲み込んだ後孔が、絡みつくように収縮した。

「っ……すげぇな……」

腰を摑まれ、体の奥に響くような勢いで楔《くさび》を打ち込まれる。

「こんなエロい孔になって、もう男なしじゃ生きられねぇぞ」

「やっ……そこ、だめっ……」

ぐちゃぐちゃと音を立てて、後孔をかき回される。弱みを抉られた途端、全身を甘い電流が貫いた。

「あ、あっ……やっ……」

このままだと、感じすぎて体が壊れそうだ。すがるものを求めて、正面にいる政臣に手を伸ばす。

「どう、うまく練れてる？」

政臣は聖の体を抱きとめてくれた。

「ああ、最高だ」

義臣が動く度に、ベルトの金属が尻を打つ。その痛みすら、今は快感になって聖を昂ぶらせた。

「もう、いかせ、てっ……」

吐き出せない熱が体を駆け回り、このままだと燃え上がりそうだ。早くどうにかしたくて腰を揺らす。

既に脱げかけている襦袢の前を開かれる。露わになった胸元に顔を寄せた政臣が、乳首に軽く歯を立てた。同時にリンドウを軽く引っ張られる。

「ひっ……や、出るっ……」

尿道を逆流するように茎が出て行く。戒めを失ったそこは、一気に絶頂へと駆け上がった。腰を突き上げ、義臣の窄まりを強く締めつける。

「あっ、……いくっ……！」

体中の水分を放出するような、強烈な快感に痙攣《けいれん》した。目も口も閉じられない。迸《ほとばし》る白濁が政臣の眼鏡に向かって飛び散る。

「やっ、……止まらないっ……」

腰を振りたくって、熱のすべてを吐き出す。

「たくさん出たね」

政臣が眼鏡を外した。汚れたレンズを舐め取る姿を、呆然と見つめる。余韻に跳ねる腰を義臣が押さえ込み、強く引き寄せた。

「っ……孕《はら》めよ」

低い声と共に、夥《おびただ》しい体液がぬかるんだ窄まりに放たれる。その熱さすら快感になって、聖を痺れさせた。

何もかも気持ちがいい状態で、求められるまま義臣と政臣の二人と口づけを交わす。これは取引だという理性は、既に快楽に蕩《とろ》けてしまっていた。

ホテルのバスルームには、ガラス張りのシャワーブースがある。聖は目を閉じて頭から温い湯を浴びた。

二人に抱かれ、また乱れてしまった。ため息を零して壁に手をつく。体液で汚れた体は、どれだけ清めても足りない気がする。

気持ちを切り替えようと、湯から水に切り替えた。頭も体も冷やしてから、シャワーブースを出てタオルで体を拭う。

隠す体毛のない下肢は、子供のようで滑稽だ。惨《みじ》めさに目をつぶり、ホテルのバスローブを身につける。

濡れた髪を乾かしながら、鏡に映る自分と向き合う。

まだ快楽の余韻が去っていない顔。同性に抱かれて、こんなに感じてしまう自分を、今も認めたくない。だけど自分が口にした言葉や振舞いは記憶に残っていて、聖をいたたまれなくさせる。

それでも必死で平静を装い、バスルームを出た。

部屋には情事の後の濃厚な空気が未だ残っている。義臣の姿はなかった。先にシャワーを浴び終えていた政臣がソファに座っていた。

「……もう帰られたんですか」

主語の無い問いかけに、政臣は頷いた。

「ええ。聖君はどうしますか。帰るなら送ります。それとも泊まっていきますか？」

「……帰ります」

朝帰りは母たちに余計な心配をかけるから、できるだけ避けたかった。

「分かりました。では着替えてください」

新品の下着と襦袢を差し出された。下着も襦袢も、質は良さそうだがごく普通のデザインだった。

「ありがとうございます」

遠慮なく身につけ、鏡の前で長着を羽織《はお》る。これで今日の仕事は終わりかと自嘲して、帯を締めた。

早い時間に解放されるのだから、嬉しいはずだ。それなのにどうして、胸の奥に何か詰まったような気分になるのだろう。


旅館の朝は早い。鳥の鳴く声で目を覚ました聖は、大きく伸びをして体の具合を確かめた。軽く腰が痛むけれど仕事をするには問題ないだろう。

冷たい水で顔を洗う。睡眠時間は四時間ちょっと。短いがぐっすりと眠ったらしく、頭はすっきり冴えている。

作務衣に着替え、大浴場の掃除を行う。一段落すると自宅へ戻り、母が用意してくれた朝食を口にする。そういえば、昨日の昼から何も食べていなかったと今頃になって思いだした。

「昨日も遅かったみたいね。何かあったの？」

母がお茶を用意しながら心配そうに聞いてきた。

「大丈夫ですよ。誘われたのでちょっと飲みに行っただけです」

なんにもなかったかのように受け答えする。母がもし聖がしていることを知ったら、きっと悲しむ。分かっているから何も言わない。

「……ごちそうさまでした」

歯を磨いてから部屋に戻ると、父の着物に袖《そで》を通す。帯を結ぶだけで気持ちが引き締まった。

家の出入り口側から外に出て、駐車場から玄関までを掃いていく。朝もやにけぶる山はとても綺麗だ。

秋風に髪を乱されながら掃除を終え、玄関で出発するお客様を見送る。

出発のピークが落ち着いた頃、双子と多希が鞄を手に玄関へとやってきた。

「おはようございます」

聖が声をかけると、三人も挨拶を返してくれる。夕食が遅れたお詫《わ》びをしてお見送りをと思った時、双子の後ろに立つ多希の表情に目が止まった。

「すっきりした顔をなさっていますね」

　昨日の彼は何か言いたそうで、でも口にする勇気がないという様子だった。だけど今日は、その迷いがないようにも見える。

「あ、ええ……」

　その一言に、多希は申し訳なさそうな、それでいて幸せそうな表情を浮かべる。

　何か吹っ切れたのだろうか。もしここに来たことで、いい変化があったとしたらそれは喜ばしいことだ。

「……またどうぞお越しください」

　バス停の方向へと歩いていく三人を、静かに見送る。姿が見えなくなってから、聖は深く息を吐いた。

　どうしても多希には声をかけたくなってしまう。他の宿泊客に対してこんな気持ちを覚えたことはない。一体彼のどこがそんなに気になるのか、自分でも分からないから不思議だ。

　もしかすると、彼の迷う姿に、日常の変化にもがく自分の今を勝手に重ねているのかもしれない。

　今の状況を長く続けられないのは分かっている。会社を辞め、松波屋を継ぐ覚悟をそろそろ決めなくてはならないだろう。母と義姉で運営はできても経営は難しいし、二人とも聖が戻ることを望んでいる。

問題はこの土地だ。何としても、売買契約を破棄してもらわなくては。

飴色《あめいろ》に磨かれた柱にかかる、松波屋の看板にそっと触れた。これを守るためになら、なんだってすると決めたのは自分だ。

たとえ義臣や政臣に体を作り変えられても、心だけは譲らない。この身を差し出すのはすべて松波屋のためで、彼らに対して特別な感情はないのだからと、聖は自分に言い聞かせた。

ラフ画ギャラリー vol.2

※採用されなかったカバーラフ画です。

※234 ページに続きます。

キャラクター紹介 vol.2

松波聖

まつなみ・ひじり

旅館の若旦那

老舗旅館『松波屋』の若旦那。

芯が強くて落ち着いている。

『松波屋』と温泉街の活気を取り戻すためなら、義臣と政臣の力を借りることもいとわない、計算高い面も。

☆カフェ等の経営を始め、
覚をバイトで雇う☆

杠葉義臣《ゆずりは・よしおみ》

杠葉組若頭。表向きは青年実業家。双子で兄。義理人情に厚く、なんでも自分なりの筋を通す。聖の立場を考え、温泉街に顔を出すことはない。警備の厳重なマンションの最上階に住んでいる。一人になりたい時は階下の政臣の部屋で過ごす。

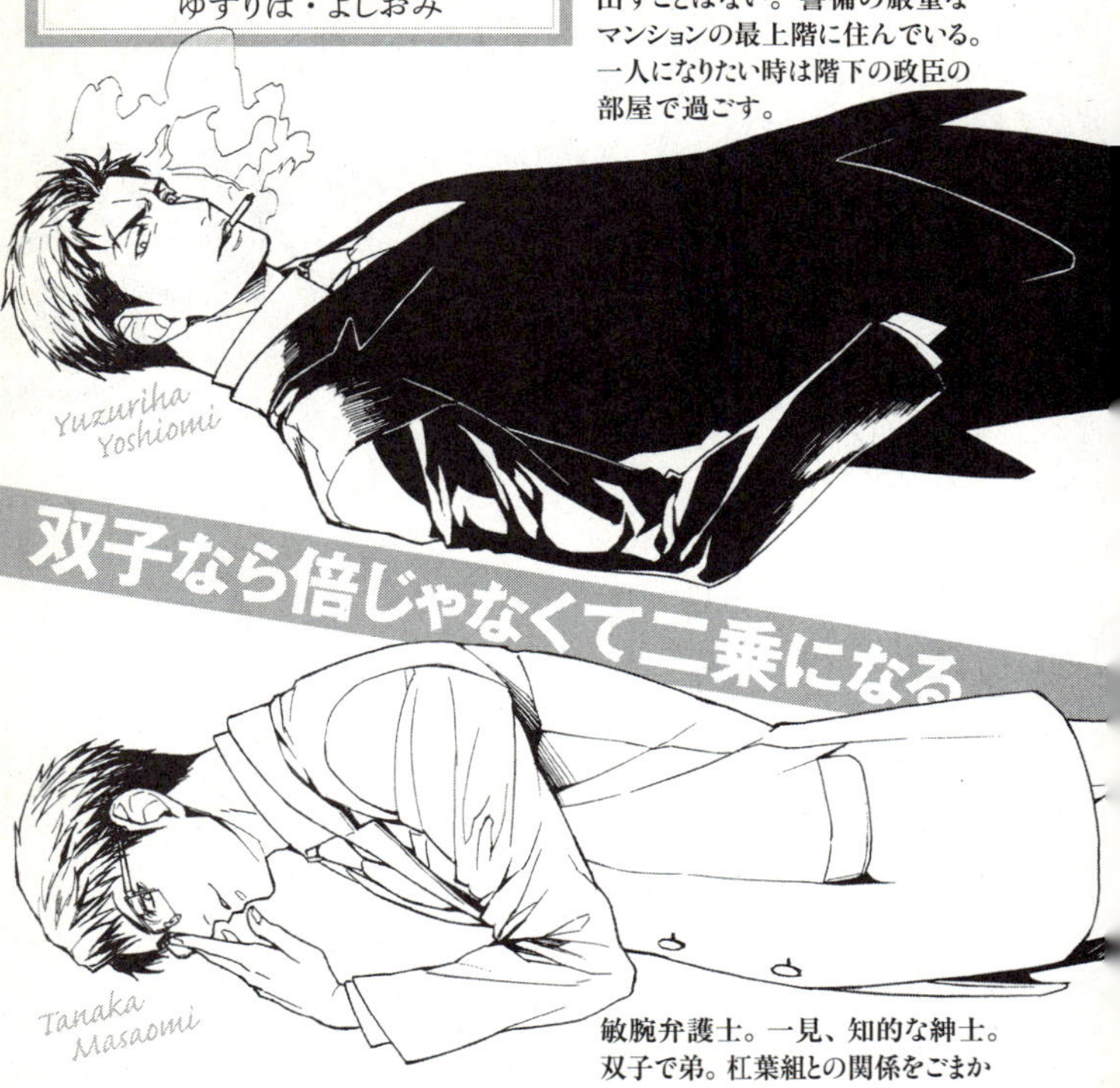

敏腕弁護士。一見、知的な紳士。双子で弟。杠葉組との関係をごまかすため、母親の旧姓を名乗る。ニュイという黒猫を飼っており、敬語で話しかけている。なんでもできるが、ただでは何もやらない。

田中政臣《たなか・まさおみ》

☆大学時代の友人に副島秀輝・和輝(『白き双つ魔の愛執』)がいる☆

26歳
元 会社員（大学卒→会社4年）
老舗旅館「松波屋」の次男
冷たそう、気が強そう
上がった目尻
松波聖
2009.08.04.
猫目で大きめ。
眉頭太く
黒髪
着物うろ覚えなので
本番下描きでは
ちゃんと調べて描きます。

あとがき

はじめまして、またはこんにちは。花丸文庫BLACKエロ双子部門担当、藍生有《あいおゆう》と申します。この度は「背徳を抱く双《ふた》つの手」を手にとっていただき、どうもありがとうございます。

今回はエロ双子第一弾「禁忌を抱く双つの手」のその後です。ぜひ第一弾とあわせて読んでくださいませ。

また、第二弾「双つ龍は艶華《つやばな》を抱く」の三人も出ております。こちらは本編の最中（P163あたり）です。そちらもよろしくお願いします。

さて、今回は小冊子や同人誌、雑誌付録CD＋袋とじ掲載分に、書き下ろしを加えたものになっております。自分の書きたかった双子萌えを書いたものなので、こうしてまとめられてとても嬉しいです。

特に「陶酔を誘う双つの手」は、CDという私にとっては未知の領域に挑戦させていただいた思い出深い話です。とても勉強になりました。機会をいただいた小説花丸さんに感謝を。

イラストの鵺《ぬえ》先生、いつも素敵なキャラをありがとうございます。毎度のことですが、素敵な表紙にうっとりです。多希の笑顔がかわいい……！

また今回は、各キャラの紹介イラストも描いていただきました。どれもそれぞれの性格がとても出ていてすごく素敵です。特に主人公二人、気弱そうな多希と、腕まくりする聖がたまらないです！

双子も性格がよく分かるポーズで感動しました。今回は特に無茶ぶりして申し訳ありませんでした。今後もよろしくお願いします。

担当様。いつもBLACK牧場に放牧ありがとうございます。

いつも素敵なアイディアに感動します。やはり眼鏡はかけるものですね！

そしてリンドウは挿れるものです！

色々とご迷惑をおかけしておりますが、これからも牧場での放し飼いをお願いいたします。

さて、次は双子のスピンオフっぽいものになる予定です。お見かけの際は、ぜひ手にとってやってください。

今年は大変な一年でした。私にできることは多くはありませんが、少しずつでも確実にやっていくつもりです。お付き合いいただけると嬉しいです。

それでは、またお会いできることを祈りつつ。

二〇一一年　十月

藍生　有

http://www.romanticdrastic.jp/

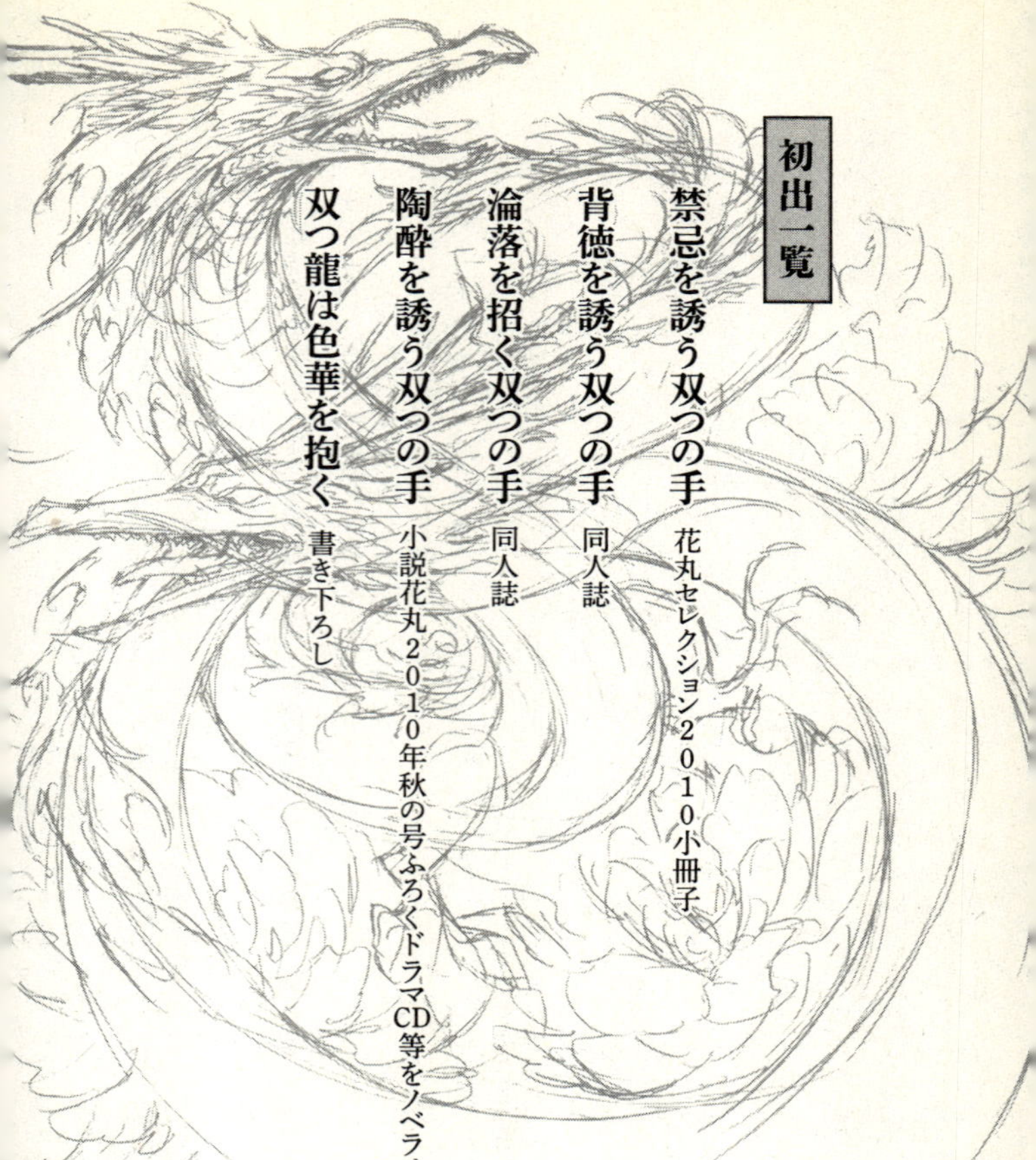

初出一覧

禁忌を誘う双つの手　花丸セレクション２０１０小冊子

背徳を誘う双つの手　同人誌

淪落を招く双つの手　同人誌

陶酔を誘う双つの手　小説花丸２０１０年秋の号ふろくドラマCD等をノベライズ

双つ龍は色華を抱く　書き下ろし

作家・イラストレーターの先生方へのファンレター・感想・ご意見などは
〒101-0063東京都千代田区神田淡路町2-2-2
白泉社花丸編集部気付でお送り下さい。
編集部へのご意見・ご希望などもお待ちしております。
白泉社のホームページはhttp://www.hakusensha.co.jpです。

花丸文庫 BLACK

背徳を抱く双《ふた》つの手

2011年11月25日　初版発行

著　者　藍生 有 ©Yuu Aio 2011
発行人　酒井俊朗
発行所　株式会社白泉社
〒101-0063 東京都千代田区神田淡路町2-2-2
電話 03(3526)8070［編集］
電話 03(3526)8010［販売］
電話 03(3526)8020［制作］
印刷・製本　株式会社廣済堂
Printed in Japan　HAKUSENSHA
ISBN978-4-592-85083-0

定価はカバーに表示してあります。

好評発売中　花丸文庫BLACK

★義弟の双子に弄ばれ、目覚めていく官能…。

禁忌を抱く双つの手

藍生 有　イラスト＝鵺《ぬえ》　●文庫判

親の転勤と入れ替わるように、多希は義弟である高校生の双子・理と覚の3人で暮らし始めた。満員電車で痴漢されて悦び喘ぐ姿を見られたことがきっかけで、毎日のように二人から犯されることに…!?

★悪いやつらのおもちゃになって…堕ちてゆく僕。

双《ふた》つ龍は艶《つや》華《ばな》を抱く

藍生 有　イラスト＝鵺《ぬえ》　●文庫判

実家の老舗旅館を引き継いだ聖。トラブルから旅館を守るため、悲痛な決意でヤクザの義臣と、その双子の弟の弁護士・政臣の「オンナ」になるが、双子の手で想像を超えた官能の世界を味わうことに…!?